KB063460

숲은 신비로웠다.
나뭇잎들이 파릇파릇하고 어디선가 캣닙 냄새가 코를 간지럽혔다.
바람에 하늘하늘 흔들리는 이름 모를 꽃들과 귀엽게 생긴 처음 보는 벌레들,
그리고 시끄럽게 구는 작은 새들.

"놀다가 배고프면 어쩌지?"

"먹을 건 많아. 주는 대로 받아먹고 사는 데 익숙한 너에게는
좀 번거로운 일이겠지만 말이야."

"정해진 식사시간이 없는 거야?"

"배고프면 먹고 졸리면 자. 그게 맹수의 특권이야."

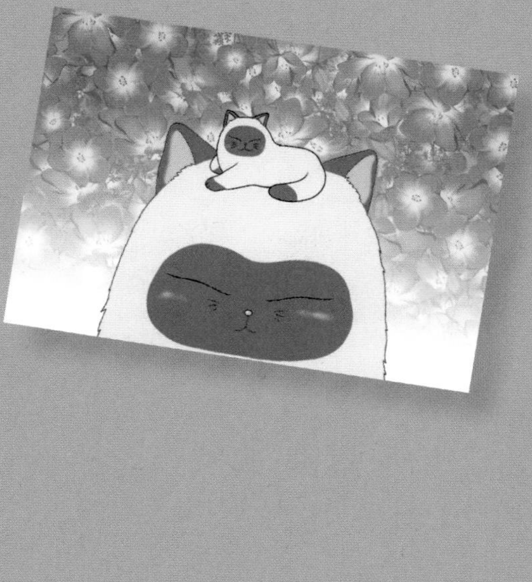

"어디서 먹는데?"

"정해진 건 아무것도 없어. 그게 바로 자유라는 거야."

첫눈보다
네가 먼저 왔으면
좋겠다

첫눈보다 네가 먼저 왔으면 좋겠다

초판 1쇄 인쇄 · 2018년 11월 10일
초판 1쇄 발행 · 2018년 11월 15일

지은이 · 손승휘
그린이 · 이재현
펴낸이 · 이춘원
펴낸곳 · 책이있는마을
기 획 · 강영길
편 집 · 이경미
디자인 · GRIM
마케팅 · 강영길

주 소 · 경기도 고양시 일산동구 무궁화로120번길 40-14(정발산동)
전 화 · (031) 911-8017
팩 스 · (031) 911-8018
이메일 · bookvillagekr@hanmail.net
등록일 · 1997년 12월 26일
등록번호 · 제10-1532호

잘못된 책은 구입하신 서점에서 교환해 드립니다.
책값은 뒤표지에 있습니다.

ISBN 978-89-5639-303-2 (03810)

이 도서의 국립중앙도서관 출판예정도소목록(CIP)은 서지정보유통지원시스템 홈페이지(http://seoji.nl.go.kr)와 국가자료공동목록시스템(http://www.nl.go.kr/kolisnet)에서 이용하실 수 있습니다.(CIP 제어번호 : CIP2018033166)

책이있는마을

차 례

1 장미 이야기

집사 후보

덜컹덜컹 차가 심하게 흔들려서 머리가 좀 아팠다. 게다가 퀴퀴한 냄새가 풍겨서 이 차를 오래 타는 건 아무래도 수명을 단축하는 것만 같아 기분이 아주 나빴다.

'아놔……. 기분 정말 별로네.'

'난 슬슬 신경질 나려고 한다.'

나도 스미레도 좁은 카트에 들어가서 다시 고물 자동차에 실린 게 영 못마땅했다.

"꽤 괜찮은 환경이야. 너희가 살던 복잡한 동네가 아니야. 한적한 주택가야. 마당도 있고 나무도 있고……."

영식은 혼자 신나서 휘파람을 불어댔다.

'운전이나 제대로 좀 하지?'

'자꾸 뒤돌아보지 마. 불안하다.'

운전할 때 자꾸 뒤를 돌아보는 건 나쁜 버릇이라고 매번 나무라도 영식이는 우리말을 도통 알아듣지 못한다.

게다가 사람들은 우리 냥이님들이 '영역동물'이어서 살던 곳을 옮기거나 영역이 좁아지는 걸 아주 많이 싫어한다는 사실을 자주 잊는다.

스미레는 짜증이 머리끝까지 올라서 누구든 앞에 얼굴을 내밀고 있으면 확 한번 할퀴어주고 싶은 지경인 표정이다.

나는 그래도 참을성이 많은 편이라 어서 마음씨 착한 집사 영식이가 이 힘든 여정을 끝내주기만을 바랐다.

그런데 철딱서니 없는 영식이는 운전하면서 핸드폰까지 사용하고 있다. 정말 위험한 행동이라는 걸 모르는 걸까? 많이 불안하다.

"어어, 영채야. 지금 너한테 가는 중이야. 응? 넌 아직 학원 안 끝났다고? 나 비행기 시간이 없어서 그냥 놓고 가야겠네?"

나는 스미레를 돌아보았다.

'비행기 탄대.'

'앗, 저번처럼 또 한 보름 안 오는 건가?'

보름은 정말 긴 시간이다. 그동안 영식이가 보고 싶어서도 힘들었지만 무엇보다도 스미레가 밥그릇 위에 무거운 다리미대를 쓰러뜨리는 바람에 마지막 나흘은 쫄쫄 굶어야만 했다.

만일을 생각해서 물그릇과 밥그릇을 항상 두 개 이상 만들어놓고 떠나야 하는데, 영식이가 아직 그 정도로 집사 노릇에 익숙하지는 않다.

그나저나 이번 출장은 아주 긴 출장인 것 같다. 이렇게 다른 집사를 고용하려고 자리까지 옮기는 걸 보면 오래 헤어져야 하나 보다.

영식이랑 오래 헤어져 있는 건 싫은데.

영식은 우리를 어느 주택의 방 안에 내려놓고 가버렸다. 물론 사료를 내려놓고 밥그릇과 물그릇을 놓는 것은 잊지 않았다.

나는 뭐 이래도 한 세상, 저래도 한 세상이라 생각해서 느긋하게 있는데, 겁이 많은 스미레는 좌불안석이다.

돌아보니 집은 지은 지 오래된 것 같다. 천장도 조금 휘어져 내려앉은 듯하고 방문도 미닫이문으로 이런 집이 아직도 서울에 있다는 게 신기했다.

어디선가 쥐똥 냄새가 나는 것도 같아서 내 신경을 건드렸다. 감히 우리가 머무는 곳에 쥐새끼가 있다는 건 용납할 수 없는 일이다.

어서 주변 순찰을 좀 돌아야 하는데…….

드르륵. 거칠게 미닫이가 열렸다. 나도 스미레도 놀라서 쳐다보는데 약간 통통한 체격의 한 누나가 눈을 동그랗게 뜨고 우리를 바라보면서 핸드폰에 대고 소리쳤다.

"악! 이게 뭐야?"

나도 스미레도 깜짝 놀랐다. 이미 얘기가 다 되어 있는 것 아니었나? 집사 후보가 저런 표정으로 보면 불안해진다.

탁. 미닫이문이 거칠게 도로 닫혔다. 스미레가 쳐다보며 솔직하게 한마디 했다.

'쟤는 다이어트 좀 해야겠다.'

'처음 보자마자 그런 말하는 거 아냐.'

나는 스미레를 나무랐다. 사실 말해주고 싶었다. 너도 만만치 않다고.

'인사성도 별로였어.'

'차차 배우겠지.'

우리는 핸드폰으로 떠드는 집사 후보의 목소리를 들었다. 집사 후보는 우리가 듣는다는 걸 알 텐데도 무례하기 짝이 없게 떠들어댔다.

"맡긴다는 게 고양이였어? 난 고양이 안 좋아해! 누가 고양이 키운다고 했어? 잠시 맡긴다고 해서 물건 맡긴다는 줄 알았지! 오빠 일본 가서 언제 올지도 모르는데 나더러 공부하면서 일하면서 엄마 아빠한테 재수생이라고 구박받으면서 어떻게 고양이까지 키우면서 살아?"

스미레가 황당하다는 듯 웃었다.

'좀 시끄러운 성격이군. 네가 만나는 똥고양이들보다 더 떠드는걸?'

'누가 똥고양이를 만났다고 그래?'

나는 항상 내 남자친구들을 흉보는 이 녀석이 내 동생이라는 사실에 가끔 깜짝깜짝 놀란다. 할 수만 있다면 바꾸고 싶다. 좀 더 예의 바르고 남자답고 씩씩한 동생으로.

'다 봤어. 영식이도 같이 보았는데 순 똥고양이만 만난다고 비웃더라.'

'영식이가? 그 인간..., 내가 얼마나 잘해줬는데 그런 말을….'

하긴, 영식이는 내가 동네 친구들과 어울리는 걸 너무 싫어했다. 그래서 가끔 고양이 카페로 데리고 가는데 거기 있는 남성미라고는 1도 없는 애들과 친하기를 바랐다.

나도 취향이라는 게 있는데…….

드르륵. 다시 미닫이문이 열리더니 여전히 핸드폰을 귀에 댄 집사 후보가 이번에는 아예 방 안으로 들어섰다.

"샛노란 게 장미라구? 이름이 장미야? 내 눈에는 아수라로 보인다."

나는 깜짝 놀라서 집사 후보를 올려다보았다. 갑자기 아수라가 여기서 왜 나오는지 이해할 수 없는데, 게다가 예의 없이 발끝으로 내 코를 톡톡 건드렸다.

ㅋㅋㅋㅋ
"이게 얼굴이야?"
남말할 처지가 아닐텐데...

"이게 얼굴이야? 이 날까지 살아오면서 이렇게 못생긴 고양이는 처음이야."

난 너무 어이가 없어서 미처 피할 생각도 못하고 있는데 스미레가 옆에서 거들었다.

'이해해라. 나하고 나란히 있어서 더 그렇게 느껴지는 걸 거야. 너도 뚱고양이들 옆에 서면 많이 뒤처지는 건 아냐.'

얘는 어쩌다 같이 태어났을 뿐이지 심정적으로는 동생도 아니다. 내가 하수구에 빠지면 추울까봐 뚜껑 덮어주고 갈 녀석.

집사 후보가 이번에는 스미레를 발끝으로 가리켰다. 스미레는 놀라서 후다닥 내 뒤로 숨어들었다. 하여간 비겁한 녀석이다.

"이 시커먼 애는 너구리같이 생겼어."

'너, 너구리?'

스미레가 얼결에 거울을 찾았지만 방 안에 거울이 없다. 여자가 사는 집에 거울이 없다니, 해괴하기도 하다.

"스미레? 스미레가 뭐야? 일본 말이라고? 좋은 국산말 냅두고 웬 일본어? 뜻은 뭔데? 응? 제비꽃?"

집사 후보는 갑자기 웃기 시작했다.

"푸하하하. 너구리 같아. 안 키울래."

우리는 할 말을 잃었다. 같이 사는 거지. 누가 누굴 키운다는 건 지. 우리를 그저 간식 주면 좋아서 꼬리나 치고 헉헉대는 바보로 착각하는 것 같다.

"보호소에 가져다 줘버릴 거야!"

나는 순간 내 귀를 의심했다. 그래서 스미레를 돌아보는데 스미레는 나보다 더 충격받았는지 아예 뒤로 벌러덩 넘어져서 움직이지 않았다.

집사 후보, 아니 그냥 '나쁜 애'라고 하자. 나쁜 애는 핸드폰을 목과 어깨 사이에 끼운 채 수첩을 뒤적이기 시작했다.

"동물보호소 전화번호 적어둔 거 있었어."

컥. 벌러덩 누워 있던 스미레가 이상한 소리를 냈다. 나 역시 충격이 커서 잠시 아무 생각도 할 수가 없었다.

그런데 나쁜 애는 갑자기 인상이 확 밝아지면서 목소리 톤까지 이제까지와 다르게 한 옥타브도 더 높게 올라갔다.

'응? 양육비 준다구?'

나는 순간, 나쁜 애의 눈이 교활하게 빛나는 걸 보았다. 스미레를 돌아보니 스미레는 아직 그런 말도 귀에 들어오지 않는 모양이다.

"흥. 그렇다면 한번 생각해볼게."

나쁜 애에게 한마디 해주었다.

'인생 그렇게 살지 마.'

그러나 들은 체도 하지 않는다.

"알았어. 알았다구. 일단 키워볼게. 사료 값부터 보내줘."

나는 나쁜 애의 태도에 어이가 없어서 사료를 발로 툭툭 치며 사료가 충분하다는 걸 알려주었다.

'여기 많아.'

나쁜 애는 아무래도 소통에 문제가 있는 것 같다.

"지금 배고픈가 보다. 사료에 가서 얼씬대네."

한숨이 나왔다. 무시무시하게 무시당하는 느낌이다. 게다가 이 나쁜 애는 나를 예의 없이 발로 밀어버리고 사료봉투를 들여다보았다.

"이렇게 이상하게 생긴 게 무슨 종류라구? 응? 페르시안하고 샴 사이에서 태어나? 페르시안이 나라인 거 알겠는데 샴은 뭐야?"

스미레가 킥 웃었다.

'태국이 샴인 것도 모르네. 바보.'

난 웃지 않았다.

'무식한 거지, 바보는 아냐. 함부로 말하고 그러는 거 아냐.'

그런데 함부로 말하는 거라면 이 나쁜 애는 스미레 못지않았다.

'알았어. 잘 간수했다가 돌려줄게.'

졸지에 '보관물'이 되어버린 나와 스미레는 어안이 벙벙해서 바라보는데 나쁜 애는 핸드폰을 탁 끊더니 갑자기 무서운 눈이 되면서 우리를 쏘아보았다.

"너희들……."

나도 스미레도 나쁜 애의 깡패 같은 눈초리에 얼어붙어서 시선을 떨굴 수밖에 없었다.

'폭력배 같아.'

'양아치 자세…….'

내가 양아치 자세라고 하는 건 바로 짝다리를 짚고 허리에 손을 얹은 자세를 말한다.

"소란 피우면 죽는다?"

우리는 기세에 눌려서 찍소리도 못하고 땅바닥, 아니 방바닥만 뚫어져라 보고 있을 수밖에 없었다.

"난 장영채라고 한다. 곧 알게 될 테지만 나한테 찍히지 마라. 엄청 후회하게 될 거다."

장영채는 자신을 '장영채'라고 소개했지만 나는 계속 '나쁜 애'라고 부르기로 결정했다. 물론 스미레에게도 나처럼 그렇게 부를 용기가 있나 모르겠지만…….

첫 만남

누구에게나 처음이라는 게 있다. 영식에게도 처음이 있었다. 지금 이 '나쁜 애'보다는 훨씬 나았지만 그건 집사로서 마음가짐이나 자세가 그렇다는 것뿐이다.

영식은 우리가 이제 막 엄마 젖을 뗐을 때 엄마와 우리들이 모여서 살던 동물병원으로 찾아왔다. 몹시 추운 날이었는데, 영식은 두터운 코트를 입고 한 손에는 우리를 데려갈 캐리어를 들고 서 있었다.

"이렇게 한 쌍으로 할래요."

"잘 골랐어요. 둘 다 아주 머리 좋고 얌전해요."

사실 그때는 나도 내 동생도 뭐가 어떻게 돌아가는지 잘 몰랐다. 그저 새로 나타난 좀 잘생기기는 한 남자가 우리를 포근한 눈길로 바라봐줘서 기분이 좋았을 뿐이다.

그런데 다음 순간, 영식은 다짜고짜 우리를 들어 올리더니 비좁은 캐리어 안에 가둬버렸다. 우리는 놀라고 당황스러웠지만 무언가 행동을 취하려고 해도 이미 갇혀버린 뒤였다.

'심하게 좁잖아.'

'너무해.'

"가끔 수놈은 아무데나 스프레이를 하는 경우가 있지만 대부분은 여기 모래에 대소변을 보니까 강아지들 경우처럼 고생할 필요는 없어요. 고양이는 아주 깔끔한 동물이에요."

"고양이 사료는 다른 사료와 달라서 꼭 고양이 사료를 주어야해요. 고양이들은 타우린을 필요로 하니까 강아지 사료나 그런 걸 주면 타우린이 부족해져서 눈이 머는 경우도 있습니다."

"여기 모래통에 모래를 담았다가 소변으로 뭉쳐진 모래와 대변만 골라내주면 돼요."

"밥그릇은 밑에 고무가 박혀서 잘 움직이지 않는 걸 쓰는 게 좋아요. 물통은 아무거나 써도 괜찮죠. 빗은 꼭 필요하지만 샴푸는 우리들 사용하는 걸 그냥 사용해도 괜찮아요."

"그래도 고양이 샴푸로 할래요."

"아직 아기니까 그래도 좋고요."

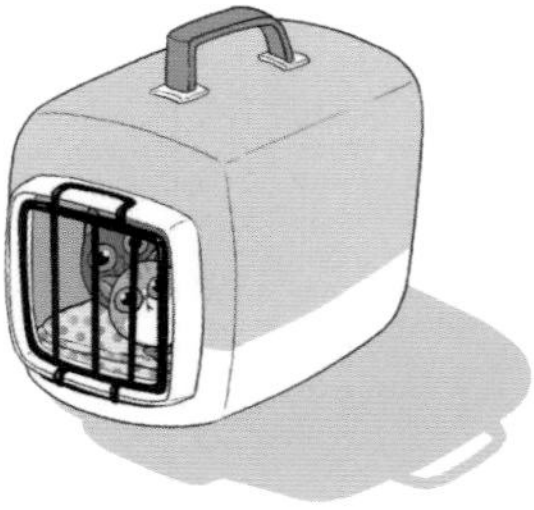

캐리어가 갑자기 탁 열렸다. 우리는 깜짝 놀라서 영식이의 통통하고 큰 손을 바라보면서…… 솔직히 쫄았다.

"얼른 나와."

나는 스미레를 돌아보았다.

'나오래.'

'여기가 어딘데?'

'나도 모르지. 같이 잡혀와 놓고 왜 나한테 물어?'

'대략 난감이다.'

영식은 손대신 크고 서글서글한 눈을 들이밀었다.

"나오라니까?"

'싫어. 넌 누군데 이러는 거야?'

내가 반항하자, 영식이는 손을 쓱 넣어서 내 앞발을 잡더니 끌어당겼다. 나는 솔직히 더 쫄았다.

'어어어?'

'할퀴어버려.'

스미레가 옆에서 비겁하게 말했다.

'배짱 좋은 척하지 마. 난 못해.'

난 영식이의 손에 이끌려 밖으로 나왔고 스미레는 나오지 않으려고 안에 착 달라붙어서 버텼다.

'난 최소한 반항은 할 수 있어. 너하고 달라.'

말은 그렇게 했지만 꼬리를 잡혀서 질질 끌려나오는 모습은 더 웃겼다.

'주제에 큰소리는…….'

스미레를 보다가 침대가 눈에 들어왔다. 침대 아래가 생각보다 높다. 냅다 그 아래를 향해 달아났다.

'혼자 가냐? 비겁하게…….'

스미레도 내 뒤를 따라 달렸다. 우리는 침대 아래 깊숙이 들어가서 웅크리고 앉았다. 여차하면 정말 할퀴어버릴 수도 있다.

"아이 참……. 왜 지저분하게 거기 들어가? 먼지도 많은데."

영식은 생각보다 팔이 길었다. 상체를 안으로 넣더니 쑥 팔을 뻗어 스미레를 잡으려고 했다. 우리는 놀라서 더더욱 깊이 들어가 버렸다.

"안 나올래?"

들은 체도 안하고 고개를 돌려버렸다.

"두고 보자. 거기 얼마나 있나."

영식은 갑자기 침대 위로 올라가버렸다. 침대가 출렁했다. 놀라서 납작 엎드려야 했다.

"배고프면 나오겠지."

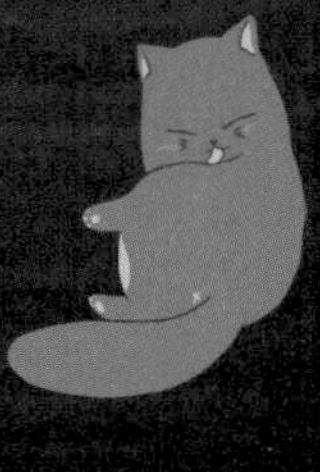

시간이 얼마나 흘렀을까? 정말 배가 고팠다. 스미레가 용기를 내서 먼저 살금살금 나갔다.

'나가자. 난 목말라.'

'나도 배고프다.'

'화장실도 가고 싶어. 설마 죽이기야 하겠어?'

'이상한 짓 할까봐 그러지. 아까처럼.'

'무슨 이상한 짓?'

'난 내 발을 누가 잡는 게 싫어.'

영식이는 잠이 든 것 같았다. 우리는 용기를 내서 살금살금 밥과 물이 있는 곳으로 갔다. 침대 바로 옆에 두었기에 조금 위험하기는 했지만 대신 재빠르게 침대 아래로 달아날 수 있으니까 유리한 점도 있다.

소리 내지 않고 다니는 건 나보다 스미레가 더 잘한다. 정말 소

리 없이 잘도 다닌다. 우리는 영식이 전혀 눈치채지 못하게 물을 먹고 밥도 먹기 시작했다. 아무리 소리를 죽여도 바삭바삭한 밥에서는 소리가 나지 않을 수 없어서 불안하기도 했다.

그런데 갑자기 영식이 커다란 몸을 확 돌리면서 침대 아래로 떨어졌다. 우당탕. 영식은 밥그릇과 물그릇 위로 떨어져 내리고 우리는 너무 놀라서 침대 아래가 아니라 방문 쪽으로 튕겨 나갔다.

튕겨 나가고 보니 난감하다. 침대 아래는 이미 영식의 커다란 몸이 막아버렸고 그 앞에는 밥그릇과 물그릇이 엎어져서 엉망이었다.

'어떡해?'

'그냥 죽느니 싸우다 죽자.'

우리는 등을 잔뜩 부풀리면서 영식을 노려보았다. 사실 그래봐야 영식이 덩치에 비하면 형편없이 작았지만 그래도 털이 일제히 일어서면 좀 사납게 보일 수도 있다.

영식은 눈을 비비면서 일어나 앉더니 엉망이 된 주변을 둘러보면서 말했다.

"너희들 무슨 짓을 한 거야?"

고양이를 몰라

영식이는 우리한테 잘해주려고 마음을 썼지만 우리와 사는 건 처음인 것 같았다. 그러니까 동물병원의 원장님이나 간호사들처럼 우리 고양이들에 대해서 뭐든 알아서 척척 해내지 못했다.

"내 의자 뜯었어."

영식은 누구와 통화하는지 모르지만 자꾸 전화에 대고 우리들 이야기를 했다.

"발톱을 깎아버려?"

가끔 듣기 거북한 소리를 했다.

"밧줄을 감아줘도 거기를 긁는 게 아니라 내 의자를 긁는다니까?"

나도 스미레도 영식이가 감아준 밧줄을 사용할 수가 없었는데 영식이는 그걸 몰랐다. 얇은 책상다리에 엉성하게 감은 밧줄은 느슨하고 좁아서 발톱을 갈기에는 알맞지 않았다.

거기에 비해서 패브릭으로 된 영식이의 의자는 두툼하고 탄탄했다. 박박 긁으면 발톱이 예리해져서 마음에 들었다. 조금 자국이 나기는 하지만 조심해서 사용하는 편이다.

"응? 다른 걸 사라고? 사진 보내줘 봐."

그래도 성의가 없는 집사는 아니다. 열심히 핸드폰을 들여다보더니 다시 전화를 하면서 만족해한다.

"아, 이런 게 있네. 이거 골판지로 만든 것 같은데 널찍하고 좋네."

결국 영식이는 우리가 의자를 뜯지 않아도 되도록 아주 근사한 물건을 가져왔다. 아, 영식이가 직접 가져온 건 아니고 어느 날 커다란 박스가 배달되어 왔다.

이 녀석 정말 대단하다. 편안하게 올라탈 수도 있고 내키면 발톱을 박박 갈 수도 있다. 너무 갈아대서 너덜너덜해지면 곧바로 안에 골판지만 갈아치울 수도 있다.

'제법이야.'

'천재도 노력파한테는 당해낼 수가 없어.'

나도 스미레도 영식의 노력을 인정하지 않을 수가 없었다. 어느덧 같이 살아준 지도 두어 달이 되어가자 이제는 목욕을 자주 하자고 달려들지도 않았고 강아지로 착각하고 끌어안고 자려는 시도도 하지 않아서 만족스러웠다.

게다가 애교도 많았다. 우리가 빵을 구우면 자기도 앞에서 빵 굽는 시늉을 하고 우리가 밥을 먹으면 자기도 얼른 가서 라면을 끓여 먹는 등, 적응하려는 노력이 보였다.

"아직 아기들이야. 이제 석 달 다 되어가."

우리 눈에는 영식이가 아기처럼 보였다. 덩치는 크지만 순하고 착한 아기. 음식을 가리는 것도 우리와 비슷하다.

파를 골라낸다. 콩도 싫어하고 양파는 아주 싫어한다. 이해할 수 없다. 만일 먹지 말아야 한다면 파가 섞인 라면 수프는 그냥 먹는 이유는 무엇일까?

우리는 면역력이 약하다. 그래서 먹지 말아야 할 것들이 꽤 있는데, 아무리 다른 음식에 섞여 있어도 금방 알아챈다. 조금이라도 섞여 있으면 큰일 나기 때문이다.

사람들이나 강아지는 욕실에서 사용하는 세제를 웬만큼 먹어서는 안 죽지만, 우리는 한 스푼 정도면 곧바로 하늘나라에 가야 한다.

또 짠 걸 먹어도 안 되고 특히 초콜릿이나 커피, 하여간 카페인이 들어 있는 걸 먹으면 심장이 쿵쾅 쿵쾅 난리를 쳐서 죽는 수가 있다.

그런데 영식이는 그런 것 같지 않다. 파나 마늘이 들어간 라면 수프를 넣고 잘도 먹는다. 또 땅콩버터를 빵에 발라서 먹기도 한다.

이참에
집사라면 당연히 알고 있어야 할
기본 상식을 알려줄게~
COFFEE
우리는 우유의 젖당을 분해할 수 없고, 우유 섭취는 설사나 알레르기를 일으킬 수 있어.
그러니까 고양이를 위해 특수 가공된 우유 이외에는 우리한테 우유를 주어서는 안 된다구.
생선도 마찬가지야. 특히 날생선에는 티아미나아제라는 효소가 들어 있는데
이는 비타민B의 일종인 티아민이라는 영양소를 파괴해.
티아민이 결핍된 고양이는 식욕이 떨어지고, 발작을 일으키거나 죽을 수도 있어.

***냥이들이 절대 먹으면 안 되는 음식**

채소 : 양파, 마늘, 덜 익은 토마토, 감자 잎과 줄기, 과량의 곡물, 독버섯, 커다란 채소

과일 : 포도, 건포도, 아보카도, 과일의 씨앗

고기/생선류 : 깨끗하지 않은 회, 동물의 간, 날달걀의 흰자, 뼈, 우유 또는 유제품
(단, 적은 양의 무지방 요구르트는 대부분 안전함)

가공식품 : 초콜릿, 커피, 차, 자일리톨 껌 및 첨가물, 알코올음료

기타 : 빵 반죽, 과량의 소금, 기름기 많은 음식(족발, 튀김), 마카다미아, 상한 음식

그런데 아무 이상도 없다. 아무 이상도 없으면 먹어도 되는 거다. 그런데 왜 어느 때는 먹고 어느 때는 먹지 않는 걸까?

'그게 뭐가 이상해? 눈에 보이면 먹기 싫은 거야.'

'먹어도 되는데 왜 안 먹냐니까?'

'맛없으니까.'

'섞이면 맛이 달라져?'

'당연하지. 마구 섞이면 잘 모르잖아.'

가끔은 내 동생도 똑똑할 때가 있다. 영식이도 보통 사람들처럼 냄새와 맛에 둔하다.

"이게 무슨 맛이지?"

혹은

"이게 무슨 냄새지?"

영식이는 자주 그렇게 알쏭달쏭한 표정을 짓고는 한다. 우리 코에는 너무나 확연하게 냄새가 느껴지는데. 그래서 뭐 먹어보지 않아도 알만한데.

아, 그러고 보니까 소리에도 약하다. 우리는 충분히 듣는 소리를 아예 듣지 못하는 때가 종종 있다. 아니, 어느 때는 아예 듣지 못하는 것도 같다.

아, 그러고 보니 우리와 다른 점이 또 있다. (다른 점이다. 틀린 점이나 모자란 점이 아니다.) 눈이 우리와 다르다.

색깔을 이야기하는데, 사실 우리는 색깔이 뭔지 모른다. 좀 더 강렬하거나 좀 옅은 정도는 알겠지만 영식이처럼 빨간색, 노란색, 파란색…… 그렇게 구분하지 못한다.

대신 우리는 빠르게 움직이는 물체를 정확하게 잡아챌 수 있다. 손이나 발이 빨라서만이 아니라 움직이는 물체도 순식간에 멈춘 듯한 모습으로 볼 수 있기 때문이다.

우리와 영식이는 이렇게 다르지만 그래도 같이 살아가기 시작했다. 영식이도 우리를 조금씩 알아가고 우리도 영식이에 대해서 이해할 수 있었다.

이해할 수 없지만 네가 좋아

영식이는 이상한 동작을 잘했다. 우리처럼 장롱 위로 점프한다거나 아슬아슬하게 좁은 공간을 걷거나 하지는 못했지만, 땅콩을 허공에 던져서 입으로 받아먹는다거나 자면서 윗니와 아랫니를 서로 문질러서 소리를 내는 이상한 행동을 잘했다.

그중에서 우리를 제일 신나게 하는 건 영식이가 귀에 헤드폰을 끼고 노래를 부르는 일이다. 영식이는 정말로 큰 목소리로 멋진 노래를 많이 불렀다. 어느 때는 아주 구슬픈 노래를 불러서 우리를 감동시키기도 했다.

가끔은 방안을 펄쩍펄쩍 뛰면서 신나게 춤까지 추었다. 그럴 때는 우리도 덩달아 침대 위까지 펄쩍펄쩍 뛰어오르며 춤을 추었다. 영식이는 가끔 우리까지 번쩍 들어 올리고 같이 춤을 추었다.

우리의 발이나 몸을 들어 올리는 일이 썩 기분 좋은 경험은 아니다. 하지만 영식이라면 이해해줄 만했다. 너무 신나는데 풀 죽게 하고 싶지 않기 때문이다.

'영식이 무시무시한 걸 가져왔어.'

어느 날 호들갑을 떠는 동생의 말에 놀라서 영식을 바라보았다. 영식은 시커멓고 커다란 총을 가지고 왔다. 영식이 보는 텔레비전에서 가끔 나오는 무서운 물건이다.

쾅! 쾅! 영식이 가져온 물건은 커다란 소리를 냈다. 그러면 영식이 겨누는 앞쪽 화면에서는 사람들의 비명소리가 들렸다.

영식이 그 물건을 들고 설칠 때에는 우리가 나서서 참견하거나 같이 즐길 수가 없었다. 영식은 오로지 화면 속만 바라보면서 정신없이 그 물건을 겨누고 땀을 삘삘 흘렸다.

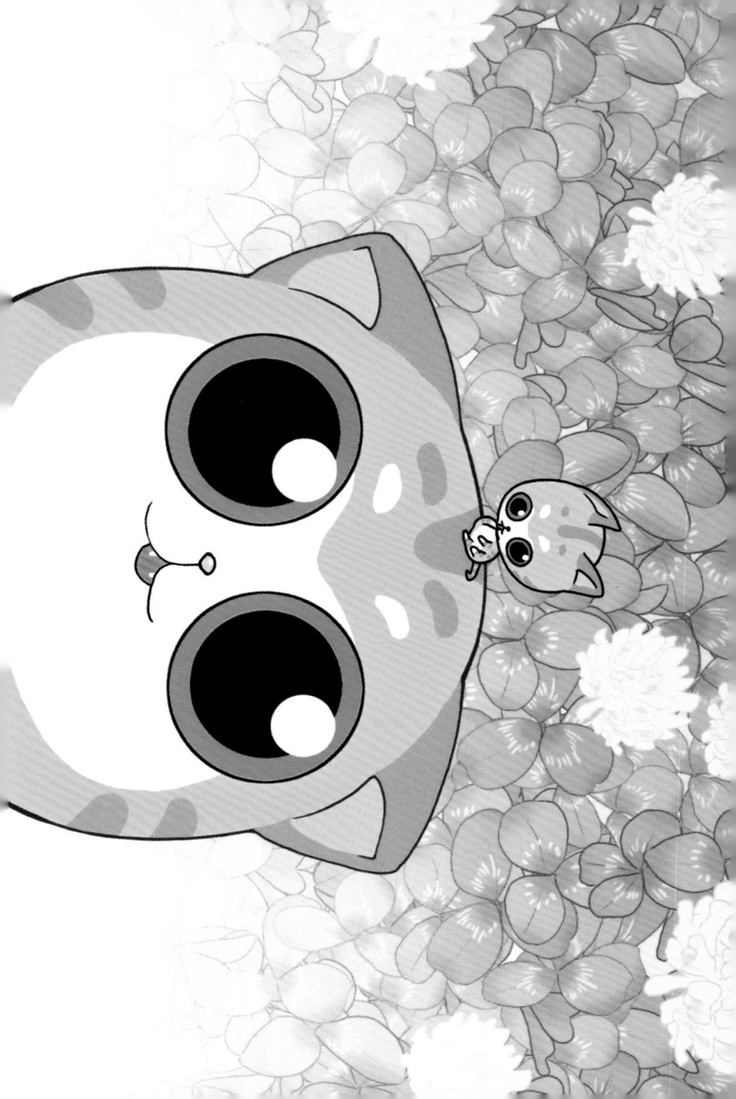

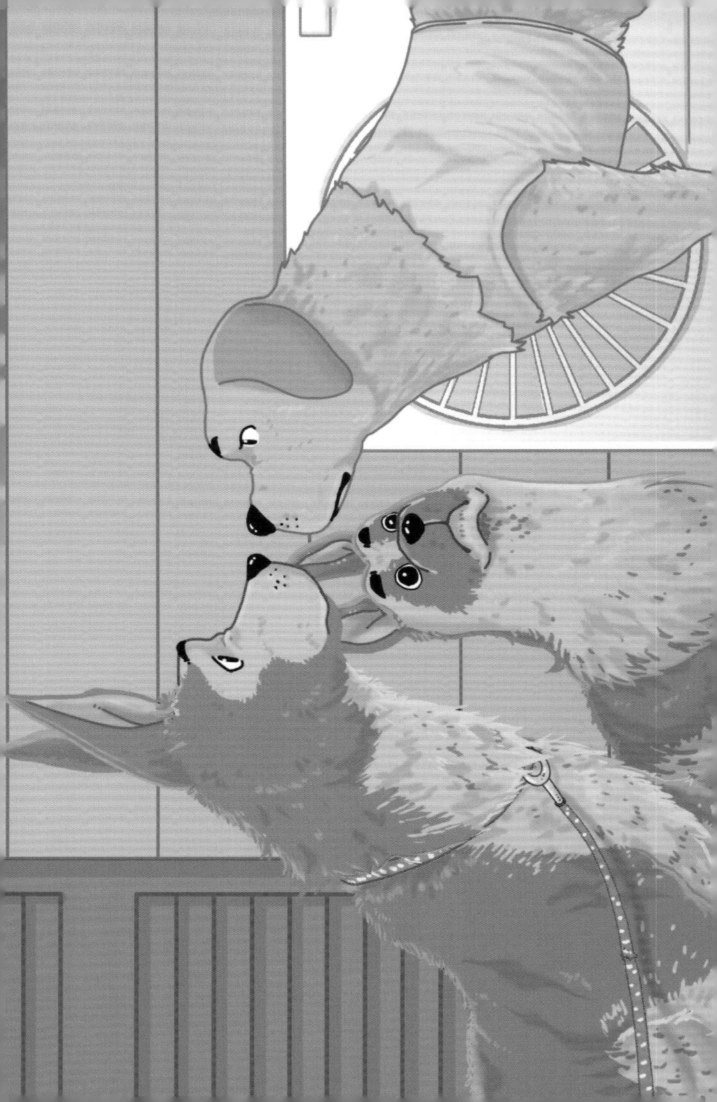

'뭐 하는 걸까?'

'회사 일이겠지. 그러니까 저렇게 열심히 하지. 절대 방해하지 마.'

나는 동생에게 차분히 일러주었다. 먹고사는 건 중요한 일이니까 방해해서는 안 된다. 영식이 열심히 회사에 다니는 덕분에 우리가 먹고사는 건 확실하다.

"월급 타면 새 간식 사줄게. 새로운 거야."

영식은 컴퓨터를 보면서 자주 그렇게 말했다. 그럴 때면 영식의 컴퓨터 화면에 새로운 캔이 보였다. 캔에는 우리보다 못생긴 고양이들이 그려져 있었다.

때때로 영식은 가방에 종이뭉치를 잔뜩 가져와서 늘어놓고 컴퓨터로 일하면서 밤을 새우기도 했다. 그럴 때의 영식은 여느 때와 다르게 진지하고 열성적이었다.

"월급 받는 입장에서 가라면 가야지."

영식은 회사 일로 며칠씩 어디론가 가야 했다. 집을 떠나기 전에 항상 사료와 물을 잔뜩 부어주었다. 그리고 아쉬워하면서 나와 내 동생을 차례로 안아주었다.

"보고 싶어서 어쩌지?"

그렇게 말했지만 한번 떠나면 밤을 서너 번이나 지나야 돌아왔다. 그리고 돌아오면 침대에 쓰러져서 오래오래 잠을 잤다.

'회사라는 곳, 힘든가? 마치 다른 영역에 가서 먹을 걸 구해오는 것처럼…….'

'아닐 거야. 사람들은 우리하고 달라서 월급이라는 걸 받잖아. 그걸 받으려면 힘들게 사냥을 하거나 열기 어려운 문을 열거나 그런 일을 계속해야만 하는 거야.'

동생에게 그렇게 말했지만 나 역시 영식이를 이해하기는 어려웠다. 영식이 말하는 월급을 어떻게 해야 받는 건지, 영식이는 어느 영역에 가서 어떻게 생활하고 오는지 전혀 알 수 없었다.

이해하기 어려웠지만 나도 동생도 영식이를 좋아했다. 누군가를 좋아하기 위해서 꼭 이해해야만 하는 건 아니다.

장리
스미레

마녀 집사

'그래도 영식이하고 살 때가 좋았는데…….'

'그래. 처음이 힘들었지, 영식이가 차차 철이 들어가면서 정도 많이 들었어.'

'이제 못 보는 걸까?'

'아마도…….'

'보고 싶다.'

'나도…….'

우리는 이제야 영식이가 그리워졌다. 잘생기고 친근하고 유쾌한 녀석. 집사로서 서툴기는 했지만 살가운 면이 있어서 같이 살기 좋았다. 영식이 생각에 빠져 있는데 갑자기 큰소리가 들렸다.

"엄마? 지금 어디라구?"

나쁜 애가 핸드폰을 들고 들어왔다. 영채의 엄마는 영식이의 엄마이기도 하다. 갑자기 우리는 무시무시한 영식이 엄마를 떠올렸다. 눈빛도 살벌하고 말투는 더 살벌한 뚱보 할머니.

나쁜 애는 수건으로 머리를 감싸고 들어오며 핸드폰에 대고 떠들었다.

"스크루지 같은 오빠가 나한테 뭘 가져다주라고 했어? 응? 밧줄? 고양이 묶는 줄이야?

밧줄? 나는 스미레를 돌아보았다. 스미레도 이미 들은 듯 긴장한 표정이었다.

"아니면? 응? 알았어. 묶어보면 알겠지. 뭐."

나쁜 애는 핸드폰을 서랍장 위에 두고 다시 나갔다.

'분명히 우리를 묶는다고 했지?'

'그래. 그런 내용이었어. 우리를 강아지처럼 끌고 다니려고 그러는 게 틀림없어.'

'아무리 몰상식해도 그렇지. 어떻게 그런 인륜에 반하는 행위를……'

'어떻게 해야 하지? 급한 대로 영식한테 전화라도 하고 싶은데……'

'건방 떨지 마. 고양이 주제에.'

'난 탈출할 거야.'

'어디로?'

스미레는 잠시 생각하는 표정이었다. 난 스미레를 잘 안다. 내 동생이니까. 절대로 배고픈 걸 참지 못한다. 게다가 밖은 아직 우리 영역이 아니었다. 안보다 더 무시무시한 일들이 기다리고 있을지도 모른다.

'배고파서 반나절도 못 버티고 돌아올걸?'

'무슨 소리야? 하루 종일 굶은 적도 있어.'

'그거야 갑자기 밥이 떨어져서 그런 거지. 그때는 나도 굶었어.'

'방법 좀 모색해봐.'

'밧줄을 가져오면 우리가 이빨로 물어뜯어 버리는 거야.'

'하품 좀 해봐.'

'하아암…….'

'잘도 끊어지겠다.'

'읍?'

그때, 문이 열렸다. 나쁜 애와 나쁜 애 엄마가 동시에 들어왔는데 나쁜 뚱보 할머니 손에는 보따리와 밧줄이 들려 있었다.

나와 스미레는 재빠르게 창턱으로 뛰어올라서 몸을 착 붙이고 두 사람을 경계했다. 여차하면 한바탕 싸워줄 테다, 라고 생각했지만 사실 진짜 싸울 자신은 나도 스미레도 없었다.

"금방 왔네? 오면서 전화한 거였어?"

"사람 먹고살기도 힘든데 고양이는 왜 먹여 살리느라 고생이야?"

뚱보 할머니는 고개를 돌려 우리를 노려보았다.

"키워서 잡아먹으려야 먹을 것도 없는 것들. 1년을 키웠는데 덩치가 저만하잖니?"

"고양이도 먹어?"

"고양이탕도 판다더라."

나는 무시무시한 나쁜 뚱보 할머니의 시선을 피해서 천장을 올려다보았다. 스미레는 고개를 푹 숙이고 죽은 듯이 있었다.

"이 밧줄을 어디 칭칭 감으라더라."

"왜? 어디다? 어떻게?"

"어디 널찍한 곳에 칭칭 감으면 쟤들이 거기다 대고 발톱 가는 거래. 안 그러면 온통 다른 데 다 뜯어놓는단다."

"그랬다가는 죽음이지. 내가 가만두나? 발톱을 죄다 꺾어버릴 거야."

"여하튼 그렇게 하라니까 가구 버리지 말고 어디 잘 감아라."

아, 그제야 저 밧줄을 다른 사람이 아닌 영식이가 보냈다는 걸 생각해냈다. 그러니까 밧줄은 우리들의 발톱 갈기를 위해서 가져온 거였다.

"한 달에 한 번 목욕시키기 잊지 마라. 제대로 안 하면 국물도 없다더라."

"핏, 오빠는 나보다 재들이 더 좋은가봐."

"내 말이……. 저 못생긴 것들이 뭐가 예쁘다는 건지. 고양이인지 강아지인지 구분도 안 가는 것들……."

"오늘 해버려야지. 귀찮은 일일수록 빨리 해버리는 게 좋아."

귀찮으면 안 해도 된다. 사실 우리는 인간들보다 깔끔하다. 왜냐하면 면역력이 약해서 우리 스스로 깔끔 떨지 않으면 피부병도 잘 생기고 배탈도 잘 나기 때문이다. 그러니까 귀찮으면 안 해도 되는데…….

"근데 물 온도를 어떻게 맞추지? 나 할 때처럼 일단 뜨거우면 되나?"

뜨거우면 안 된다. 미지근한 물이어야 한다. 그런 것도 모르다니.

"고양이들은 목욕을 싫어한다니까 좀 힘들 거다. 물 자체를 싫어한대."

"물 자체를 싫어한다구? 어머나. 더러운 것들! 더러운 것들하고 언제까지 살아야 하는데?"

"할퀴는 수가 있으니 조심해."

"흥, 감히 나를? 그랬다가는 발톱을 전부 없애버릴 거야."

우리는 도저히 더 이상 이 공포의 방에 있을 수가 없었다. 밖이 아무리 험해도 이 안보다는 편할 것 같다. 스미레가 창문을 발로 열심히 밀어서 틈새가 조금 생겼다. 스미레가 먼저 쏙 빠져나가고 나도 잡힐세라 그 뒤를 따랐다.

"고양이들 나갔다."

"어? 저것들이 어디를?"

등 뒤에서는 나쁜 애와 나쁜 뚱보 할머니의 목소리가 들렸지만 우리는 쌩까고 그냥 창틀에서 뛰어내렸다. 등 뒤에서 드르륵 창문 여는 소리가 들렸다.

"아수라! 너구리! 이리 안 와? 잡히면 죽는다?"

도대체 누구를 부르는 건지 모르지만 하여튼 우리는 나쁜 애의 목소리라는 걸 알고 모퉁이를 재빠르게 돌아서 눈에 뜨이지 않으려고 했다.

그런데 모퉁이를 돌아서는 순간, 우리는 엄청난 공포에 휩싸였다. 크르르. 꿈에서도 절대 듣고 싶지 않은 맹수의 저음이 바로 눈앞에서 들렸다. 그리고 커다란 불도그 하나가 우리 앞에서 날카로운 이빨을 드러내며 다가왔다.

나도 스미레도 너무나 갑작스럽게 닥친 위험 앞에서 오금이 저려 움직일 수가 없었다. 우리는 그저 덜덜 떨면서 불도그가 다가오지 않기만을 바랐다. 그런데 그 순간…….

깽! 불도그가 갑자기 비명을 질렀다.

정신을 차리고 보니 나쁜 애가 불도그의 머리를 발로 딱 밟고 있었다. 그리고 불도그는 이제까지의 기세는 어디다 분실했는지 완전히 처량 맞은 인상으로 끙끙대면서 불쌍한 체를 하고 있었다.

나쁜 애는 불도그를 무서운 눈으로 내려다보면서 한마디 했다.

"어디 감히 내 밥줄에 흠집을 내려고 들어? 한 번만 더 아수라하고 너구리한테 겁주면 이빨을 다 뽑아버릴 줄 알아?"

불도그는 다 죽어가는 시늉을 하고 있고, 우리는 나쁜 애를 고쳐서 부르기로 했다. 언제인가 영식이가 틀어준 공포영화에 나오는 바로 그 모습. 마녀. 우리는 나쁜 애를 '마녀 집사'로 부르기로 결정했다.

아...성질 진짜 더럽네...ㅠㅠ

재수생 그녀

우리는 '마녀 집사'가 흔히들 말하는 '재수생'이라는 걸 알게 되었다. 그러니까 고등학교는 졸업했는데 대학교는 아직 들어가지 않은 상태라는 말이다.

마녀 집사는 아침 일찍 일어나 가방을 메고 학교가 아니라 '학원'으로 향했다. 그리고 낮에 와서 점심을 먹고 늘어지게 잠을 잤다.

잠들어 있는 모습을 가만히 보고 있자면 마녀 집사는 확실히 영식이보다 품행이 올바르지 못하다. 영식이는 한번 누우면 그 자세대로 곱게 잠드는데 이 마녀 집사는 침대의 곳곳을 머리로 들이받기도 하고 발을 들어서 벽에 지지대처럼 만들기도 하면서 몸부림을 친다. 덕분에 나와 스미레는 침대를 위험지대로 인식해서 절대 같은 침대를 사용하지 않기로 결정했다.

우리들의 안식처는 옷장 위였다. 옷장 위는 여러 모로 안전하고 또 편안했다. 마녀 집사는 옷장 위에까지 손이 닿지 않았다.

마녀 집사는 아직 키가 작았다. 내가 '아직'이라고 표현하는 이유는 마녀 집사가 앞으로 더 자랄 수도 있다는 뜻이다. 우리 고양이들과 달리 인간들은 아주 오랫동안 자라니까.

마녀 집사는 처음 며칠 동안 우리를 관심 깊게 보기도 하고 슬며시 발로 건드려도 보더니 이제는 관심을 끊었는지 사료와 물을 준비해주는 외에는 달리 관심을 보이지 않았다.

우리는 마녀 집사와 그런대로 편안하게 지낼 수 있었다. 집 안이 너무 좁아서 갑갑하기는 했지만 어쨌든 평화로운 며칠을 보낼 수 있었는데.

어느 날, 마녀 집사가 이상한 상태가 되어서 집에 돌아왔다.

밤이 이슥하도록 돌아오지 않아서 어느 정도 걱정이 된 상태였는데 꽤 늦은 밤에 방문을 요란하게 열고 앞으로 푹 고꾸라지더니 엉금엉금 침대를 향해 기어서 가는 게 아닌가.

우리는 마녀 집사가 무슨 큰 병이라도 걸린 줄 알고 놀라서 살펴보았더니 정말 상태가 심각해 보였다. 얼굴은 열로 벌겋게 달아올랐고 입에서는 연신 고통을 호소하는 신음소리가 새어나왔다.

'아픈 건가?'

스미레는 걱정되는 듯 마녀 집사에게 다가가 코를 킁킁댔다. 확실히 스미레는 내 동생이라고 하기에는 좀 창피하다. 아직 인간들이 마시는 '술'에 대해서 모르다니.

'술 마신 거야.'

'술?'

'그래, 술이라는 거야. 인간들이 주로 마시는데 저런 심각한 냄새가 나는 아주 고약한 거야.'

'그런가? 영식이는 한 번도 마신 적 없는데 넌 어떻게 알아?'

'우리 살던 집 2층 아저씨가 가끔 마셔서 알아. 넌 2층에 겁나서 올라가지도 못했으니까 모르지.'

'왜 마셔?'

이 질문은 나를 참 난감하게 만들었다. 사실 나 역시도 인간들이 왜 술을 마시는지 모르기 때문이다. 마시면 몸이 빨갛게 변하고 악취가 나고 비틀거리기까지 하는데 도대체 왜 마시는 걸까?

'그런데 영식이는 왜 한 번도 안 마셨지?'

'영식이는 술 싫어해. 전에 전화하는 거 들었어. 친구한테 술이라면 질색이라고 하더라.'

'당연하지. 저렇게 이상한 걸 왜 마시겠어?'

'그나저나 저 마녀 집사는 좀 걱정되는데?'

나도 스미레도 마녀 집사가 걱정되어서 잠도 제대로 잘 수 없었 다.

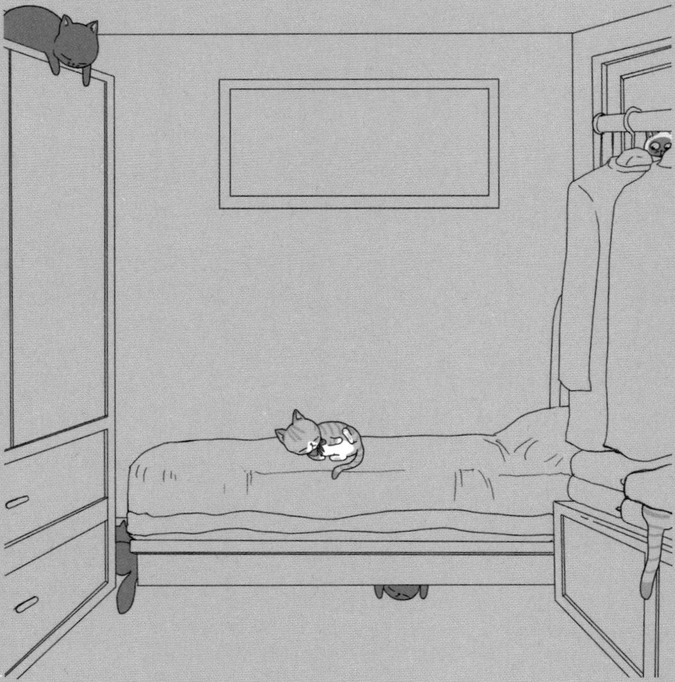

아무리 서로 친하지는 않아도 마녀 집사는 같이 사는 식구니까 걱정할 수밖에.

그렇게 잠을 이루지 못하다가 잠깐 잠이 든 듯한데, 허걱! 이게 웬 일인가? 눈을 뜨니 바로 코앞에 마녀 집사의 얼굴이 있는 게 아닌가?

'뭐, 뭐지?'

나는 놀라서 뒤로 물러나려고 했는데 마녀 집사가 눈을 반쯤 뜬 채로 날 꽉 끌어안아서 나는 너무 당황스러웠지만 어쩌지 못했다. 물론 확 할퀴어버릴 수도 있지만, 너무 그렇게 적대적으로 대하는 건 나를 챙겨주는 집사에 대한 예의가 아니어서 얼마간 참아보기로 했다.

"너 참 못생겼다. 신기하게 생겼어."

마녀 집사는 침대에 엎어진 채 두 팔로 나를 안고 두 눈을 내 얼굴에 바짝 들이댔다. 이제 보니 눈동자가 두 가지 색인 것이 평소 느낌하고 달랐다. 묘하네. 인간들의 눈동자는 우리에 비해서 참 보잘것없다고 생각했는데 안 그럴 수도 있겠다.

"못생겼다고 해서 네 잘못은 아니니까 마음에 두지 마. 대신 못생기면 귀여운 데가 있거든."

사람들은 나를 못생긴 고양이라고 한다. 하지만 틀린 말이다. 나 살던 동네의 고양이들은 청년이든 중년이든 전부 나한테 빠져서 헤어나지 못했는데 뭘 모르는 것 같다.

"나, 사랑하는 사람 생겼다?"

마녀 집사는 말끝에 히히 웃었다. 나는 마녀 집사가 한 말이 무슨 말인가 해서 한참 생각해야 했다. 사랑하는 사람이 어떤 사람인가는 나도 안다. 하지만 마녀 집사는 누구를 사랑할 것 같지 않아서 이상하다.

마녀가 사랑을 하다니.

황야의 장고

마녀는 자꾸 귀가시간이 늦었다. 사료와 물은 왕창 부어놓고 나가지만, 너무 늦게 들어와서 신경이 쓰였다. 술도 자주 마시는 것 같아서 더욱 신경이 쓰였다. 영식이는 이렇게 나를 걱정시키지 않았는데.

겨울이 끝나가고 있었다. 그래서인지 아침이면 창밖의 햇살이 눈부셨다. 조금 열린 창문 사이로 이따금 향긋한 새싹 냄새들이 스며들었다.

'봄이 오는 거야.'

스미레는 창턱에서 밖을 바라보며 중얼거렸다. 어느새 봄이구나. 그런데 영식이는 왜 소식이 없는 걸까. 처음에는 금방 올 것처럼 하더니 겨울이 다 지나도록 우리는 그냥 여기서 살고 있다.

'영식이가 우리를 잊은 걸까?'

스미레는 원망하듯 말했지만, 스미레나 나나 영식이가 원망스러운 건 아니다. 나도 스미레도 어떻게든 잘 살 수 있다. 그냥 보고 싶을 뿐이다. 오래 못 보았으니까.

집은 너무 작아서 갑갑했다. 영역을 조금 넓힐 필요가 있었다. 처음에는 잠시 있을 거니까 하고 영역에 신경을 쓰지 않았는데 오래 살려면 아무래도 좀 더 영역을 확장할 필요가 있다. 그래야 운동장도 생기고, 운동을 해야 건강해지니까.

'나가 보자.'

'불도그는?'

스미레는 원래 겁이 많았다.

'불도그는 우리한테 코빼기도 안 보일걸?'

'왜? 항상 앞마당 지키고 있었잖아?'

'걔가 너처럼 겁이 많아.'

내 예상대로 불도그는 우리가 창문 밖으로 고개를 내밀자 후다닥 집 안으로 들어가더니 코끝도 내밀지 않았다. 마녀가 달리 마녀일까. 마녀 집사의 협박을 가볍게 넘길 존재는 이 동네에 없을 것 같다.

'정말 그러네?'

스미레는 그제야 기를 펴고 우아한 몸짓으로 마당을 지나 담장 위로 사뿐히 올라갔다. 스미레가 소리 없이 스스슥 다니는 데에는 다 이유가 있다. 내 동생이지만 정말 유연하고 부드러운 몸을 가졌다. 겉보기에는 뚱보지만 움직임은 날쌘돌이다.

스미레는 멋지게 담장을 걸어서 커다란 감나무로 도약했다. 이제 막 푸릇푸릇한 싹이 나오려는 감나무에서는 향긋한 냄새가 풍겼다. 나도 감나무를 즐기려고 담장을 따라 걸었다.

그때였다. 낮고 무거운 목소리가 들려왔다.

'넌 누구냐?'

그 목소리는 그야말로 저 깊은 땅속의 지옥에서 들려오는 듯한 음산함과 강렬함을 동반했다.

스미레는 기겁을 해서 몸을 돌려 감나무에서 담장으로 돌아오려고 했다. 그러나 목소리의 주인은 커다란 몸집을 훌쩍 움직이더니 어느새 스미레의 퇴로를 막아버렸다.

'크흐흐. 어디서 나타난 애송이냐? 감히 어르신의 영역을 침범했으면 신고라도 하고 가야지.'

'아, 안, 안녕하세요? 나, 나는…….'

'누가 인사하랬니? 신고를 하라는 말이다. 신고라는 건 다른 거 없다. 그저 내 발톱 맛만 조금 보면 돼. 그러면 아마 이 근처를 얼씬댈 마음이 싹 없어질걸?'

목소리의 주인은 덩치가 커다란 갈색 털을 가졌는데 정말이지 남성미를 풀풀 풍기는 멋진 고양이였다. 하지만 사나운 것 같아서 약간 겁이 나기도 했다.

'원래 여기 사세요?'

나는 한껏 상냥한 목소리를 냈다. 웃는 낯에 침 못 뱉는, 아니 웃는 얼굴 못 할퀸다는 옛 속담도 있으니까.

'엇?'

'남성미 풀풀'은 동작을 멈추고 놀란 눈으로 나를 바라보았다. 나

겁쟁이 불도그
남성미 풀풀 장고~♡

는 태연히 눈을 깜빡이면서 친절한 신호를 보냈다.

'멋진 아가씨, 난 이 근처를 주름잡는 황야의 장고…… 아, 아니. 그냥 장고라고 해.'

황야의 장고, 아니 그냥 장고는 우스꽝스럽게 거드름을 피우면서 스미레를 가리켰다.

'이 이상한 놈 먼저 교육 좀 시키고 우리 캣닙이라도 같이 나눌까? 나한테 아주 좋은 캣닙이 있어.'

'내 동생?'

나는 스미레를 가리켰다. 그러자 장고의 눈빛과 표정이 확 변했다.

'이 녀석이 아가씨 동생이라고?'

'맞아요. 내 동생이에요. 이름은 스미레.'

아하하하. 장고는 호탕하게 웃었다.

'그렇다면 우린 정말 잘 어울리는 삼총사가 되겠군요. 아가씨.'

'장미라고 불러주세요.'

'아, 장미 씨. 이름도 정말 멋지십니다.'

나는 감나무 위로 사뿐히 올라가서 나뭇가지 위에 다소곳이 앉았다. 장고는 더 이상 호탕하게 웃지 못하고 입을 헤 벌린 채 나를 올려다보았다.

이제 감나무는 내 차지다.

내가 위로해줄게

창밖에는 봄비가 내리고 있었다. 마녀 집사가 이상하다. 내가 달력이나 시계를 볼 줄은 모르지만 내 몸이 알려주는 대로라면 틀림없이 학원에 가야 하는데 가지 않고 있다.

'어디 아픈 건가?'

스미레는 마녀 집사를 바라보며 걱정했다. 나도 좀 걱정이 되었다. 마녀 집사는 아픈 게 분명했지만 몸이 아픈 건 아니었다.

'병원에 가야하는 건지도 몰라.'

'바보.'

'뭐? 왜?'

'병원이 필요한 거 아냐.'

'뭐래? 자기 아플 때도 병원 가서 수의사 선생님이 주사 놔주고 해서 나았으면서?'

'그런 거 아냐. 넌 아직 모르는 게 있어.'

스미레는 청소년 시기를 지나고 있지만 여전히 남녀 간의 문제에 대해서는 모르는 것 같다. 스미레는 아직도 장고가 나한테 왜 쩔쩔매는지 이해 못해서 만날 내가 무섭게 생긴 것 같다고 하니까.

'안 아픈데 왜 저렇게 잠만 자?'

'자는 거 아냐.'

스미레는 도저히 이해할 수 없다는 얼굴로 나를 돌아보았다. 그러나 나는 마녀 집사가 정말로 자는 게 아니라는 걸 어젯밤부터 알고 있었다.

마녀 집사는 밤새 한숨도 자지 못했다. 그저 벽을 바라보며 누워 있었을 뿐이다. 가끔 그녀의 가느다란 어깨가 떨리는 걸 볼 수 있었다. 그러니까 가끔 울고 있는 거였다.

가끔 어딘가에 전화를 걸었다. 인간들이 전화를 거는 건 내 귀에 크게 들린다. 전화를 받지 않아서 신호음만 계속 들리는 소리. 밤새워 그렇게 반복해놓고도 여전히 그녀는 침대에 누워서 일어날 줄을 몰랐다.

빗소리는 점점 더 커져가고 나는 마침내 침대 위로 올라갔다. 나는 인간들처럼 사랑이나 슬픔에 대해서는 잘 모르지만 그녀의 가슴이 아픈 건 알 수 있었다.

나도 많이 아파봤어.

엄마랑 헤어질 때도 아팠고, 길에 사는 내 친구들이 나쁜 사람들에게 얻어맞을 때도 아팠고, 영식이가 우리를 두고 가버린 뒤 아직 오지 않아서 가슴이 아파.

나는 마녀 집사의 발치로 가서 조용히 그녀와 벽 사이로 들어갔다. 그리고 그녀의 품으로 다가가서 그녀의 얼굴을 바라보았다.

'아프구나.'

눈이 마주치자 그녀는 고개를 끄덕였다. 그리고 나를 두 팔로 꼭 끌어안고 입을 맞추었다. 그녀에게서 눈물 냄새가 났다.

'일어나. 이제 힘을 내야지. 평소처럼 밥도 먹고 노래도 부르고 소리도 지르고 발도 쾅쾅 구르고 그래야지.'

나는 마녀 집사가 예전처럼 사납고 힘차기를 바랐다. 마녀 집사는 내 말을 이해했는지 배시시 웃었다. 그리고 나를 안은 채 벌떡 일어났다.

"알고 있니? 오빠 올 거야."

'오빠?'

"영식이 오빠가 너희들 데리러 온대."

나는 잠시 어안이 벙벙해져서 그녀를 바라보는데 어디서 나타났는지 스미레가 소리 없이 나타나서 양팔을 번쩍 들고 만세를 불렀다.

'그만해. 바보야.'

'왜? 영식이 온다면서?'

'지금 만세 부를 때냐?'

'그럼 언제 불러? 영식이 오면?'

난 철없는 동생을 더 이상 이해시키기는 불가능하다는 걸 느끼고 그냥 조용히 한쪽 구석으로 갔다. 마녀 집사는 가방에서 붕어가 매달린 기다란 낚시를 꺼내들었다.

"깜빡했다. 이거 너희들 주려고 가져왔는데."

감격. 마녀 집사가 이런 걸 가져올 생각을 다 하다니. 비록 같이 놀아줄 시간은 별로 없게 되었지만 그 마음이 너무 고마워서 그녀의 몸에 내 몸을 스치면서 고맙다는 표현을 했다.

"일단 언제 도착하는지 알아보자."

'서두르지 않아도 돼.'

마녀 집사는 영식이와 통화를 했다.

"응, 오빠. 나 좀 안 좋았는데 얘들 덕에 극복했어. 생각해보니까 외로울 때는 역시 식구가 필요하다는 걸 알았어."

나도 스미레도 그녀의 전화 내용을 엿듣다가 눈물이 핑 돌았다. '식구'라는 말은 참 좋은 말이다. 사람들 중에 어떤 사람들은 우리를 싫어하기도 하고 무시하기도 하지만 가끔씩 식구라고 말해주는 사람들이 있다. 그럴 때는 기분이 정말 좋아진다.

그런데 마녀 집사가 우리를 식구라고 하다니.

"응? 그럼 그냥 데리고 살라고?"

어어? 스미레는 눈이 동그래져서 마녀 집사를 바라보았다. 나도 이게 무슨 일인가 하면서 마녀 집사를 바라보았다.

"아, 오빠. 이해했어. 출장이 계속될 것 같다고? 알았어. 알았어. 생각해볼게."

마녀 집사는 전화를 끊고 나를 돌아보았다. 나도 그녀를 바라보았다. 우리는 눈을 깜빡이면서 물끄러미 서로를 바라보았다.

캣타워와 숲

"어때? 근사하지 않아?"

캣타워를 들여놓고 마녀 집사는 신이 나서 우리한테 자랑했다. 우리도 덩달아 신이 났다. 밖에 있는 커다란 감나무에 비하면 별것 아니지만, 집 안에 이런 게 있다는 건 정말 근사한 일이다.

"방 크기에 비해서 좀 크기는 하지만 오빠가 그런 것까지 신경 쓸 만큼 섬세하지는 못해서 말이야."

마녀 집사는 영식이를 남자라 섬세하지 못하다고 했지만 그건 틀린 말이다. 여자보다 훨씬 더 섬세한 남자들도 많다. 스미레만 해도 누나인 나보다 훨씬 더 조심스럽고 마음이 약하다.

"그렇다고 나 놔두고 둘이서만 저 위에서 자면 안 돼. 그러면 내가 매일 밤 시끄럽게 굴어서 잠들지 못하게 할 거야."

'저 위에서 딱 한 번만 자볼게.'

스미레는 농담을 잘 이해하지 못한다. 하지만 마녀 집사의 농담 속에는 어느 정도 진심이 담겨 있기도 했다. 그녀는 우리와 너무 친해져서 우리는 그녀와 한 침대를 사용했다.

외출했다가 돌아와서도 제일 먼저 하는 일은 우리와 노는 것이었다.

우리는 셋이 어우러져서 낚시놀이, 공놀이, 쥐잡기 놀이 등을 하면서 깔깔대고 웃었다. 그녀는 다행스럽게도 우리가 강아지들처럼 자주 목욕을 하지 않아도 된다는 걸 깨달아서 귀찮게 굴지도 않았다.

이제 저 멋진 캣타워에 올라가서 멋진 점프를 하면서 멋지게 물고기를 잡아채는 멋진 동작을 할 수도 있을 것 같다.

하지만 저녁에 만난 장고의 반응은 달랐다.

'흥, 그런 걸 집 안에 놓다니. 바보 같은 짓이잖아.'

'어째서? 좀 사치스럽기는 하지만 얼마나 멋진 나무인데?'

'설마 이 감나무만 할까? 게다가 이 동네 끝에 가면 어마어마한 나무들로 가득한 숲이 있어.'

'오홋? 정말?'

나는 숲에 가보고 싶었다. 숲이라는 게 있다는 건 텔레비전으로 봐서 알았지만 그게 어디 있는지는 몰랐다. 캣타워 정도가 아니라 감나무보다 더 큰 나무들이 줄줄이 있는 숲이라는 곳.

'난 싫어. 무서워.'

스미레는 뒷걸음질쳤다. 장고는 황야의 장고답게 코웃음을 흘리며 나를 바라보았다.

'장미 아가씨는 어때? 아름다운 눈빛만큼 호기심이 있을까?'

나는 장고를 향해 도도한 눈빛을 보냈다. 집 안에서 태어나 집 안에서만 살았지만 한 번도 바깥세상이 무서워본 적은 없다.

'난 가볼 거야.'

'오호호, 역시 마음에 들어. 내 여자친구로 손색이 없는걸?'

스미레는 걱정스러운 얼굴로 나를 바라보았다.

'후회하게 될지도 몰라.'

'집에서 기다려. 금방 올게.'

나는 재촉하는 장고의 뒤를 따라 달렸다. 내가 살던 집의 담장을 넘어 지붕과 지붕들을 건너서 한참을 달렸다. 중간중간에 영역을 차지하고 있는 고양이들을 만났지만 장고와 같이 다니는 한 겁먹을 필요는 없었다.

'내 여자친구다. 쳐다보지 마. 보는 것만으로도 아까우니까.'

장고는 강하고 멋진 남자친구였다.

숲은 신비로웠다. 나뭇잎들이 파릇파릇하고 어디선가 캣닙 냄새가 코를 간지럽혔다. 바람에 하늘하늘 흔들리는 이름 모를 꽃들과 귀엽게 생긴 처음 보는 벌레들(집 안에서 발견하면 곧바로 해치워버렸지만), 그리고 시끄럽게 구는 작은 새들.

'놀다가 배고프면 어쩌지?'

'먹을 건 많아. 주는 대로 받아먹고 사는 데 익숙한 너에게는 좀 번거로운 일이겠지만 말이야.'

'정해진 식사시간이 없는 거야?'

'배고프면 먹고 졸리면 자. 그게 맹수의 특권이야.'

'어디서 먹는데?'

'정해진 건 아무것도 없어. 그게 바로 자유라는 거야.'

나는 장고와 함께 마음껏 숲을 뛰어다녔다.
잔디 위를 뒹굴고 나비를 잡으러 쫓아다니고 커다란 나무 꼭대기에 올라가 앉아서 산 너머로 지는 해를 바라보았다.

그리고 별이 떴다.

서로에게 스며든다는 것은

마녀 집사는 화를 냈다.

"장미, 너 너무 늦게 다니는 거 아니니? 걱정했잖아. 지금 막 스미레 데리고 나가려던 참이었어."

나는 그녀의 눈치를 보며 슬그머니 캣타워로 올라가서 엎드렸다. 그녀도 스미레도 나를 이상한 시선으로 바라보았지만 나는 너무 피곤했다.

눈을 감고 깊은 잠에 빠져들었다. 너무나 나른해서 이대로 며칠은 잘 수 있을 것만 같다. 마녀 집사의 잔소리가 귓가를 맴도는 듯하더니 곧 지난 시간이 눈앞에 펼쳐졌다.

나는 꿈속에서 멋진 나무 위에 올라가 있었다. 밤바람에 나뭇잎들이 듣기 좋은 소리를 내며 살랑거렸다. 하늘의 달과 별이 아주 가깝게 느껴졌다.

별들은 내 머리 위가 아니라 내 주변에 있었다. 캣타워나 감나무 위, 지붕 위에서는 이런 느낌이 없다. 어디선가 장고의 낮은 그르렁 소리가 들려왔다.

꿈에서 깨고 보니 그르렁댄 건 장고가 아니라 스미레였다. 캣타워 바로 아래에서 한심하다는 눈초리로 쳐다보고 있다.

'왜 그래?'

'걱정했잖아.'

'왜 걱정하는데?'

'마녀 집사도 누나 걱정 많이 했어.'

나는 방 안을 둘러보았다. 마녀 집사는 학원에 가고 없었다.

'배고프지 않아?'

배가 고팠다. 캣타워에서 내려와 밥을 먹으면서 슬쩍 보니 스미레는 내심 궁금한 모양이다. 안 그런 척해도 나는 내 동생의 눈빛만 보면 알 수 있다.

'숲에 대해서 말해줄까?'

'말하지 않아도 알아. 전에 살던 집에도 공원이 있었잖아.'

'숲하고 공원을 비교하는 거야?'

'다를 게 있을까? 나무가 좀 더 많겠지.'

'숲은 그런 게 아니야.'

숲은 그동안 모든 집에 사는 고양이가 상상하는 그런 곳이 아니었다. 집 밖으로 조금 더 나간다고 해서 숲을 알 수는 없다. 숲은 직접 가서 숲의 품 안에 안기기 전에는 절대 알 수 없다.

'숲에서는 머리를 맑게 하는 향기가 나.'

'그건 어느 나무에서나 나.'

'다른 거야.'

'뭐가 다를까?'

'같이 가볼래?'

스미레는 눈을 깜빡이면서 망설이는 눈치였다. 하지만 용기라는 건 아무나 낼 수 있는 게 아니다. 나는 스미레가 집을 떠날 준비가 되어 있지 않다는 걸 알았다.

'마녀 집사가 너무 걱정해서 나가지 힘들었어.'

'그렇게 걱정하지 않아도 되는데.'

'도대체 거기서 밤이 되도록 있을 건 뭐야?'

'숲의 밤은…… 음…….'

넌 절대 이해하지 못할 거야.

마녀 집사는 저녁에 장난감을 한 아름 안고 왔다. 갖가지 장난감들이 방바닥에 가득히 쏟아졌다. 이 정도면 장난감 가게의 거의 모든 장난감이 사라졌을 것 같다.

"캣타워 말고도 벽에다 너희들이 오르내리도록 설치하는 발판을 만들까봐."

그래봐야 천장에 막힐 텐데.

"방석도 몇 개 사올까?"

마녀 집사는 내가 집에서만 놀기를 바라는 것 같았다. 그녀가 애쓰는 게 미안하기도 하고 안쓰러웠지만 그렇다고 밖을 포기할 마음은 없었다.

'여기서 재미있게 놀자.'

스미레도 그렇게 말했지만 나는 마녀 집사의 마음 씀이 신경 쓰일 뿐, 이 방 안에서는 더 이상 매력을 느끼지 못했다. 장고와 함께 달리던 숲속의 넓은 벌판과 하늘을 찌를 듯한 나무들과 쏟아져 내릴 듯한 별들을 대신할 수 있는 것은 아무것도 없었다.

그래도 마녀 집사를 생각해서 오늘 밤은 나가지 않을 작정이다.

밤이 늦어지자 밖에서 장고의 울음소리가 들려왔다. 창으로 가서 바라보자 장고가 감나무 위에 앉아서 창을 향해 울고 있었다. 나를 부르고 있는 게 확실했다.

마녀 집사는 잠결에 부스스 눈을 뜨며 나를 바라보았다. 나는 일부러 창가에서 캣타워로 옮겨 앉았다. 스미레가 대신 창가로 가서 밖을 엿보았다.

'장고 형이다.'

'알아.'

'누나 나오라고 저러는데 어떻게 할 거야?'

나는 마녀 집사를 돌아보았다. 넓은 침대인데 구석에서 이불 돌돌 말고 벽에 머리 들이밀고 자는 모습이 귀엽다. 예쁘지는 않지만 귀엽다.

생각해보면 나름 잘하려고 노력하는 것 같다. 처음에는 대가 때문에 우리와 살기로 작정한 것 같았는데 이제는 살며시 정이 들어버린 것 같다.

'나가지 않을 거야.'

나는 캣타워에서 침대로 옮겨 앉았다. 마녀 집사의 머리맡에 가서 잠시 그녀의 냄새를 맡았다. 익숙한 냄새. 머리칼에서 샴푸 냄새가 났다. 언제부터인가 그녀의 몸에서 나는 체취가 내게 안정감을 주기 시작했다.

으응. 마녀 집사는 돌아누우면서 나를 끌어안았다. 누군가가 내 몸을 옥죄면 기분이 나쁘다. 하지만 마녀 집사가 하는 행동은 그냥 참아주게 되었다. 나도 모르게 그녀를 많이 좋아하는 것 같다.

'저 형아, 질기다.'

스미레는 재미있다는 듯이 혼자 키힛 웃었다. 창밖에서는 장고가 새벽까지 나를 불렀다.

대신할 수 없어

아침이 되어도 나는 밖을 내다보지 않았다. 하루종일 마음이 싱숭생숭했지만 그래도 꾹 참고 캣타워와 옷장 위로 오르락내리락하면서 지냈다. 가끔 냉장고 위로 점프했다가 방바닥으로 뛰어내리면서 먹이를 낚아채는 사냥놀이도 했다. 아무리 스트레칭을 해도 온몸의 근육이 도무지 풀리지 않는다.

온몸이 근질근질하다.

창가로 가서 밖을 슬쩍 엿보았다. 오후의 햇살을 받은 감나무는 아름답게 반짝였다. 나는 슬그머니 창밖으로 나섰다. 스미레가 따라 나오면서 물었다.

'장고 형아 만나러 가?'

'아니.'

나는 담장을 타고 걷다가 감나무 위로 훌쩍 올라갔다. 스미레가 담장에 올라앉아서 궁금한 듯 나를 바라보았다.

'장고 형아 보고 싶지?'

'아냐.'

나는 먼 하늘을 바라보며 말했다.

'그저 숲에서 보던 하늘이 그리운 거야.'

스미레는 고개를 돌려 내가 바라보는 하늘을 함께 바라보았다.

'하늘이 어디서 보나 다 같은 하늘이지.'

'그렇지 않아.'

나는 스미레에게 설명해주고 싶었지만 내 마음을 딱히 표현할 방법이 없었다. 내가 그날 밤에 경험했던 아름답고 신비로운 분

위기는 말로 설명할 수 있는 게 아니다.

'무언가를 바라볼 때는 무언가와 같이 바라보느냐에 따라서 모습이 달라져.'

'그게 뭔데? 장고 형아?'

'아니. 숲에 있는 모든 것들에 둘러싸여서 바라보는 하늘, 별과 달과 구름들 말이야.'

'숲은 많이 모인 것뿐이지 않아? 옆집 정원에도 나무들이 멋져.'

스미레는 마당이 넓고 집도 큰 옆집을 가리켰다. 옆집은 정말 마당이 넓고 멋지게 가꾼 나무들도 꽃이 담긴 화분들도 많다.

'다른 거야.'

'도대체 뭐가 다르지?'

스미레는 내 말을 이해하지 못해서 눈을 깜빡거렸다. 옆집의 마당을 눈여겨보면서도 차이를 모르는 듯해서 조금 답답했다.

'숲은 저렇지 않아.'

'나무나 꽃이 더 많겠지.'

'그게 아냐. 숲에 있는 나무들은 저렇게 가지런하고 예쁘지 않아. 꽃들도 저렇게 깨끗하고 예쁘지 않아. 줄도 가지런하지 않고 삐뚤빼뚤해.'

'안 예쁜데 더 좋아? 삐뚤빼뚤한 게 더 좋아?'

'당연하지. 숲에는 저렇게 가지런한 나무도 없고 멋진 화분에서 피어난 꽃도 없어. 그게 다른 거야.'

그때 이웃집 지붕 위에 장고가 훌쩍 나타나서 나와 동생의 대화는 끊어졌다.

'장미, 드디어 얼굴을 보네.'

장고는 반가운 듯 웃으며 우리를 향해 재빠르게 달려왔다. 힘이 좋고 멋지다. 날렵하고 빠르면서도 온몸에 힘이 넘친다.

'안녕, 장고.'

'안녕, 형아.'

나도 장고가 반가웠다. 스미레도 이제는 장고를 반긴다. 하지만 스미레는 약간 걱정스러운 눈빛도 보였다. 흘끗흘끗 내 눈치도 보았다.

'장미와 숲에 같이 가려고 매일 왔었어.'

'아, 우리 집사가 자꾸 같이 있고 싶어 해서 거절하고 나가기가 좀 망설여졌어.'

'아, 그렇군. 난 집사에 대해서 잘 몰라. 물론 캣맘하고 비슷한 사이겠지.'

'난 캣맘을 모르니까 우리는 서로 조금 다른 사람과 사는 거네.'

하하. 장고는 어이없다는 듯 웃었다.

'나는 캣맘과 살지 않아. 나는 내 친구들과 살지. 지금도 친구들은

내가 숲에 어서 오기를 기다리고 있을걸? 해가 지고도 내가 숲에 나타나지 않으면 다들 걱정해.'

'장고는 그렇게 강한데 왜 걱정하지?'

'내가 무리들 중에서 가장 강한 건 맞지만, 세상은 그렇게 만만하지가 않으니까. 우리가 사는 세상은 위험한 사고로 가득하지.'

'숲도 그래?'

나는 예전에 살던 동네에서 주위에 사는 많은 친구들이 사고를 당하는 건 알았다. 무서운 사람을 만나서 험한 일을 당하기도 하고, 엄청난 속도로 달려와서 충격을 주는 자동차에 목숨을 잃기도 한다. 하지만 숲에는 어떤 위험이 있을까?

'어디든 위험하지. 숲도 위험하고 숲을 떠나서 동네로 와도 위험하기는 해.'

장고의 말을 듣고 스미레가 혼잣말처럼 중얼거렸다.

스미레의 중얼거리는 소리를 듣고 장고가 코웃음을 쳤다.

'흥, 너는 도대체 이 세상에서 가장 소중한 게 뭐라고 생각하는 거냐?'

'그야 먹고사는 거지.'

'그게 중요하냐? 우리가 깔보는 새앙쥐도 작은 벌레도 전부 먹고는 살아. 겨우 그런 게 우리 삶에 중요하다는 말이냐?'

'그럼 형아가 중요하게 생각하는 건 뭔데?'

'자유.'

장고는 거만하게 턱을 추켜세우고 나도 들으라는 듯이 말했다.

'자유는 이 세상 무엇과도 바꿀 수 없는 거야.'

'집에서도 자유로운걸?'

'집사가 주어야만 먹고 집사가 상대해줘야만 노는 그따위는 자유가 아니야.'

'그럼 난 모르겠는걸?'

스미레의 말이 끝나고 장고가 무언가 더 덧붙이려고 할 때 내가 말을 잘라먹었다.

'이봐, 장고. 그쯤 해두지. 뭐든 다 네가 옳은 건 아니니까.'

'아, 미안. 그저 내게 있어서는 그렇다는 거지.'

장고는 나를 바라보며 내게는 무언가 다른 생각이 있는 걸까 생각하는 표정이 되었다.

'그런데 장미는 내 말에 찬성하지 않는 거군.'

'난 우리 모두에게 가장 소중한 건 사랑이라고 생각하거든.'

아, 장고는 감탄하는 표정이 되었다. 그리고 나와 스미레를 번갈아 바라보며 고개를 끄덕이더니 멋진 수염을 쓰다듬으며 한마디를 덧붙였다.

'그거라면 다시 생각해볼게. 자유 못지않게 사랑도 중요하니까. 어느 편이 더 중요한지는 이제 생각해보려고.'

'장고 생각을 무시하는 건 아니야.'

'알고 있지. 아, 그나저나 친구들을 더 기다리게 할 수 없어서 이만 가야겠어.'

장고는 옆집을 향해 날렵하게 날아가면서 말했다.

'언제라도 숲으로 와, 장미야. 기다리고 있을게.'

장고는 숲을 향해 멀어져갔다. 나는 그의 뒷모습을 바라보며 자유에 대해서 생각했다. 그리고 결론을 내렸다.

자유보다 사랑보다 중요한 건 내 마음을 빼앗아간 숲이었다. 지금은 이 세상 무엇도 내 마음을 빼앗아간 숲을 대신할 수 없었다.

'누나, 들어가서 밥 먹자.'

스미레는 집으로 들어가고 나는 조금 더 감나무에 앉아 숲이 있는 하늘을 바라보았다.

무엇으로도 대신할 수 없어.

숲으로 간 고양이

아침에 마녀 집사가 학원에 간 사이 나는 일찍부터 감나무에 나가 앉았다. 장고를 기다렸지만 몇 시간이 지나도 장고는 나타나지 않았다.

이제 나와 친구가 되는 걸 포기한 걸까. 숲에 가서 함께 지내자는 말은 그냥 해본 소리인지 아니면 진심이었는데 이제 포기한 건지.

'장고 형아 기다려?'

스미레가 창밖으로 나와 물었다.

'아냐. 숲을 바라보는 거야.'

'숲이 보여?'

나는 대답하지 않았다. 여기서 숲은 보이지 않는다. 그런데 저 먼 하늘을 바라보고 있으면 내 눈에는 숲이 선명하게 나타난다.

'간식 안 먹을래?'

나는 스미레를 돌아보았다.

'나 숲에 간다.'

'응?'

스미레는 창으로 들어가려다가 깜짝 놀라서 나를 돌아보았다.

'숲에 간다.'

나는 다시 한 번 말했다.

'마녀 집사가 걱정할 텐데.'

'밤에는 돌아올게.'

'꼭 돌아와.'

나는 창가에 앉아서 바라보는 스미레에게 눈인사를 하고 감나무에서 담장으로 뛰어내렸다. 담장을 타고 옆집을 거쳐서 숲이 있는 방향으로 달려갔다.

집들의 지붕을 넘고 담장을 건너고 길을 따라 달렸다. 숲이 점점 가까워지자 향긋한 내음이 날아와서 내 코를 자극했다. 가슴이 심하게 쿵쿵거렸다. 지난 며칠 동안 내가 그리워하던 숲의 향기였다.

숲에 다다라서 커다란 나무들 사이로 달려갔다. 울긋불긋한 꽃들이 한껏 피어 있는 사이로 내가 좋아하는 귀리들이 푸르게 솟아나 있었다.

숲을 지나가는 바람이 코끝을 간질였다. 크고 작은 나무들 위로 뭉게구름이 각기 다른 모양을 만들면서 흘러갔다. 나뭇가지 위에서는 새들이 짹짹거렸다. 맴맴. 매미가 울었다.

나는 그제야 번쩍 정신이 들었다. 배가 고프고 목이 말랐다. 장고가 알려준 캣맘이 먹이와 물을 가져다 놓는 곳으로 달려갔다. 그리고 막 물을 먹으려는데 숲에 사는 친구들이 주변으로 몰려들었다.

'넌 누구지?'

'인간들하고 사는 집고양이야.'

'그래서 그런지 생긴 게 너무 고운걸?'

'약해빠지게 생겼어. 여기 숲에서는 하루도 못 버틸걸?'

'여긴 들개들도 많은 걸 알려나 모르겠네.'

몰려든 친구들이 저마다 한마디씩 하는 게 꼭 호의적인 것만은 아니었다. 나는 들은 체도 않고 물을 마셨다.

'네가 사는 곳으로 돌아가.'

'숲은 너 같은 샌님이 지낼 만한 곳이 아니야.'

나는 못들은 체했는데, 갑자기 귀에 익은 소리가 들려와서 깜짝 놀랐다.

'누가 내 여자친구를 함부로 오라 가라 하는 거냐?'

나는 깜짝 놀라서 장고를 돌아보았다. 장고가 천천히 다가오면서 부리부리한 눈으로 주변 친구들을 쓱 훑었다. 친구들이 모두 입을 닫고 슬그머니 주변으로 퍼져 나갔다.

'안녕, 장고?'

'안녕, 장미?'

'이렇게 멀리까지 찾아와주다니 좀 놀라운걸?'

'숲이 그리워서 참을 수가 없었어.'

장고는 내게 와서 코끝을 내밀었다.

'생각해봤어.'

'무엇을?'

'자유와 사랑에 대해서.'

'아.'

'둘 다 아주 소중한 것이지.'

장고는 멋쩍게 웃었다.

'하지만 사랑이 아무리 중요해도 난 자유를 택하겠어.'

나는 고개를 끄덕였다. 무슨 의미인지 잘 알았다. 장고는 인간과 고양이 사이의 사랑에 대해서 잘 아는 듯했다. 충분히 이해하는 듯했다. 하지만 역시 자유가 더 좋다는 뜻이다.

'충분히 이해해. 이 숲이 모든 걸 말해주니까.'

장고는 기분이 좋은 듯 나무 위로 훌쩍 올라서서 말했다.

'커다란 바위를 보여줄게. 아주 크고 근사해.'

나는 장고와 함께 커다란 바위를 향해 달려갔다. 바위는 정말 크고 멋졌다. 바위 위에 올라서면 온 세상이 발아래에 펼쳐졌다. 커다란 나무들도 바위 위에서는 작아졌다. 가끔씩 친구들이 나무 사이로 달려가는 모습도 보였다.

'정말 근사한 곳이네.'

나는 바위 위에 배를 깔고 비스듬히 누웠다.
장고가 옆에 와서 까끌까끌한 혀로
내 털을 골라주었다.
기분이 좋았다.

'여기 살고 싶어.'

자유롭게.

2 스미레 이야기

기억

내가 기억하는 누나는 자유분방하고 에너지가 넘쳤다. 영식이와 살 때, 영식이는 누나를 사고뭉치라고 말했다. 조심성이 없는 게 아니라 호기심이 많아서였다.

'쟤들은 왜 물속에서만 살지?'

누나는 영식이가 아끼는 어항의 금붕어들이 밖으로 나오기를 바랐다. 그래서 매일 금붕어들을 어떻게 하면 밖으로 나오게 할 수 있을까 생각하다가 마침내 어항의 뚜껑을 열어버렸다.

"안 돼! 먹는 거 아니야!"

영식이 고함을 질렀을 때는 이미 누나가 어항 속의 금붕어를 방바닥에 꺼내놓은 뒤였다. 금붕어는 팔딱거렸고 영식은 얼른 금붕어를 다시 어항 속에 넣었다.

"배가 고픈 것도 아니잖아."

영식은 화가 나서 소리쳤다. 누나는 말끄러미 영식을 쳐다보면서 항변했다.

'먹으려는 거 아냐.'

금붕어는 물에 다시 들어갔지만 결국 죽고 말았다. 영식은 금붕어를 두 손으로 받쳐 들고 나가면서 누나한테 화를 냈다.

"제발 스미레처럼 얌전하면 안 되겠니?"

'바보…….
우리 그저 호기심이 많을 뿐이야.'

나는 얌전한 소년이다. 뭐든 해보고 싶은 마음은 굴뚝같아도 사고를 치기 전에 한 번쯤은 생각을 해보는 편이다. 그리고 세상 돌아가는 일이 그다지 궁금하지도 않다.

누나는 영식이 몰래 밖으로 나가는 일도 많았다. 여기와 달리 거기서는 함부로 밖에 나가면 안 되는 시내 한복판이어서 사람들이 많았다. 그리고 골목에 숨어서 사는 무서운 친구들이 많았기 때문에 조심해야만 했다.

'답답하지 않니? 궁금하지 않아?'

나도 답답하고 궁금했지만 누나처럼 나다닐 용기가 없었다. 누나는 온 동네를 돌아다녔지만 누구에게도 공격을 받은 적은 없었다.

누나는 재빠르고 늘씬하고 매력적이어서 동네 깡패 형아들이 모두 누나를 좋아했다. 가끔 형아들이나 누나들을 공격하는 무서운 동네 사람들도 누나는 예뻐했다. 이유는 나도 모른다.

왜 그렇게 다들 누나를 사랑했을까?

그러고 보니 누나가 장고 형아와 숲에 간다고 가버린 뒤 돌아오지 않은 지도 벌써 여섯 달이다.

상처

누나가 돌아오지 않은 다음 날부터 영채는 누나를 찾으려고 미친 듯이 돌아다녔다. 나는 영채를 따라나서지는 못했지만 영채가 하루 종일 누나를 찾아서 온 동네를 배회하는 걸 알았다.

"찾는 방법이 있을 거 아냐?"

영채는 영식이와 통화할 때면 공연히 화를 냈다.

"누가 그래? 장미가 집도 못 찾을 만큼 바보인 줄 알아? 얼마나 똑똑한데."

영채는 며칠째 학원에도 가지 않고 오로지 누나만을 찾아다녔다. 그러다가 어느 날은 컴퓨터에서 커다란 종이에 누나 사진을 여러 장 뽑아서 들고 나갔다. 누나 사진 밑에는 이렇게 쓰여 있었다.

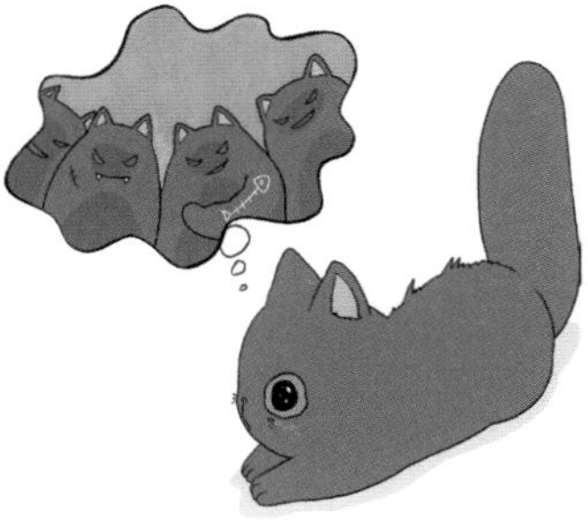

- 사례합니다. 이렇게 생긴 애를 보시면 전화 주세요. -

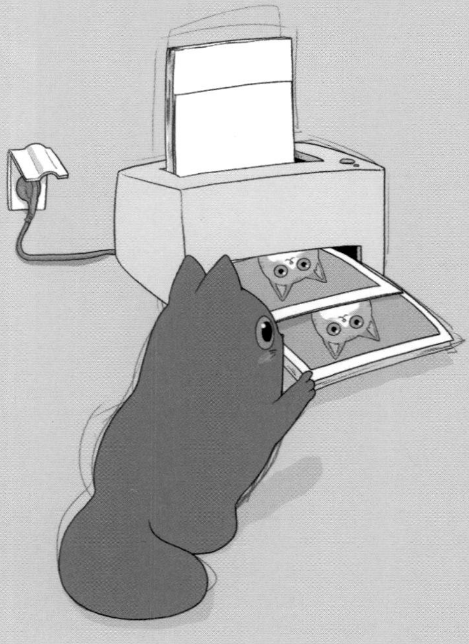

나는 영채가 위험한 짓을 한다고 생각했다. 나도 누나가 보고 싶기는 하지만 해서는 안 되는 일을 한다고 생각했다. 함부로 전화번호를 길에 붙이는 건 좋지 않다.

그리고 다시 며칠이 지나자 영채는 포기한 듯 가방을 메고 학원에 나갔다. 그리고 학원을 마치고 돌아오는 영채는 술을 마신 것 같았다.

"어떡하니."

영채는 나를 끌어안더니 울기 시작했다.

"어디 있을까? 괜찮은 걸까? 다치지는 않았을까? 밥은 어떻게 먹을까?"

영채의 물음은 끝이 없었다.

시간

영채가 학원에 가고 나면 나는 혼자 남아서 맛없는 밥을 먹고 캣타워를 오르락내리락하다가 슬며시 창을 통해 밖으로 나가고는 했다.

처음에는 사납게 굴던 불도그도 그즈음에는 나와 함께 나란히 앉아서 햇볕을 쬐기도 하고 그늘에서 늘어지게 잠을 자기도 했다. 우리는 서로 대화가 통하지는 않았지만 그런대로 서로에게 친숙해졌다.

나는 누나가 생각날 때면 감나무 가지 위에 올라가 숲이 있는 방향을 바라보고는 했다. 사실 숲이 있는 방향인 게 확실하지는 않다. 누나가 떠나간 방향일 뿐이다.

그 사이에 영채는 학원에 다니고 명랑해졌다. 다시 남자친구가 생긴 것 같다. 전화를 들고 웃고 떠드는 날들도 많아졌다.

나는 외로워하지 않았다.

지루한 장마가 오고 뜨거운 여름이 지나고 가을이 되어서 감나무의 이파리들이 갈색으로 변하면서 바람이 시원해졌다.

나는 혼자 겨울을 나려고 작정했다. 어쩌면 언젠가는 영채마저 어디론가 가버릴지도 모른다고 생각해서 혼자 지낼 때에는 어떻게 해야 할까 고민하기도 했다.

혼자 살 준비를 하는 건 어렵지 않다. 지나간 시간들이 그리울 테지만.

공감

"여기 이 작가는 자기 고양이랑 같이 산책도 하고 그런대."

가을이 깊어진 어느 날, 영채는 책 한 권을 읽다가 나를 돌아보며 말했다.

"우리도 그럴 수 있을까?"

나는 약간 겁이 났지만 영채하고 함께라면 산책 정도는 할 수도 있다고 생각했다. 너무 멀리 가지만 않는다면 말이다.

"근데 넌 겁이 많잖아. 나하고 같이 꼭 붙어서 다니면 어떨까?"

영채는 대뜸 나를 안아들더니 밖으로 나갔다.

"같이 가보자. 나는 스미레 너도 이 근처 지리를 알아놓아야 한다고 생각해. 그랬으면 장미가……."

그랬을까. 누나가 집을 찾아오지 못한 걸까? 누나는 정말 길도 잘 알고 특히 냄새를 잘 맡는데 집을 다시 찾아오지 못한 걸까?

영채와 나는 길을 나섰다. 영채는 차가 다니지 않는 집 뒤편의 언덕으로 올라갔다. 언덕 위에는 작은 공원이 있었다. 영채와 나는 앞서거니 뒤서거니 하면서 공원까지 걸어갔다.

"걱정 마. 누구든 널 건드리면 그게 사람이든 강아지든 고양이든 내 손맛을 보게 될 테니까."

영채는 주먹에 침을 발라 보였다. 그 모습이 그다지 귀여워 보이지는 않았지만 믿을 만은 했다.

우리는 공원 벤치에 한동안 앉아 있었다. 영채는 무슨 생각을 하는지 마냥 하늘을 올려다보았다.

"고양이를 싫어하는 사람이 있어."

남자친구 이야기를 한다고 생각했다. 언제인가 전화에서 고양이를 왜 싫어하냐고 따지는 걸 들었다.

"헤어지기로 했어. 서로 공감할 수 없으면 사랑할 수도 없잖아."

나는 그러지 않아도 좋다고 말하고 싶었다. 생각해보니까 우리도 공감하지 못하는 게 많다.

만남

날이 조금씩 차가워지고 있었지만 영채와 나는 거의 하루도 빠지지 않고 같이 산책을 다녔다. 낙엽이 뒹구는 공원길은 겨울맞이로 바빴다.

언제나처럼 영채는 벤치에 앉아서 하늘을 보고 나는 그 옆에 앉아 기어가는 벌레와 굴러가는 이파리 따위를 구경하고 있었다.

그때 등 뒤에서 부스럭대는 소리가 들렸다. 영채는 소리를 향해 고개를 돌렸고, 나는 소리보다 익숙한 냄새에 깜짝 놀랐다.

"장미야!"

영채는 벌떡 일어나며 소리쳤다.

수풀 속에는 장미 누나하고 털 색깔도 모습도 똑같은 어린아이가 겁먹은 듯 우리를 쳐다보고 있었다.

"너 어디 있다가……."

그러나 수풀 속 작은 아이는 누나가 아니었다. 정말 누나하고 똑같이 생겼지만 아직 몸에 비해 머리가 더 큰 어린아이였다.

"아, 아닌가?"

영채는 실망한 표정으로 작은 아이를 쳐다보았다. 아이는 커다란 눈을 반짝이면서 나를 바라보았다. 영채만 보면 달아날 테지만 아마도 나를 보고 달아나지 않는 게 아닐까 싶다.

"어쩜 장미하고 똑같이 생겼네?"

영채는 신기하다는 듯이 아이를 바라보았다. 나는 아이에게 조금 다가가서 눈을 마주쳤다.

'넌 누구니?'

'아찌는 누구?'

'네게서 내 누나의 냄새가 나.'

'아찌한테서 우리 엄마 냄새가 나.'

'엄마는 어디 있는데?'

'엄마 없어졌어.'

'없어졌어?'

'응. 밤에. 없어졌어. 나 엄마 찾아다니는 거야.'

우리가 대화하는 사이에 영채는 살금살금 아이에게 다가갔다. 아이는 약간 겁을 집어먹고 주춤했지만 영채에게서 내 냄새가 나서인지 아주 달아나지는 않았다.

"이리 와."

영채는 아이를 안아들었다. 그리고 머리를 쓰다듬으면서 다정하게 말했다.

"어쩌면 눈빛까지 장미를 닮았니? 장미인 줄 알았어. 장미도 어렸을 때는 딱 너처럼 생겼을 것 같아."

영채는 나를 돌아보았다.

"그렇지?"

나는 아이를 쳐다보며 고개를 끄덕였다. 누나를 꼭 닮았다. 궁금한 게 많았지만 아이는 잘 모르는 것 같다.

'어디 살았니?'

'숲.'

'숲이 어디니?'

'좀 멀어. 나 많이 왔어.'

'왜 엄마 기다리지 않았는데?'

'배고파서.'

'엄마가 얼마나 오지 않았는데?'

'오래.'

'얼마나 오래?'

'밤 두 번.'

나는 더 묻지 않았다.

밤이 두 번이면 다시는 돌아올 수 없다는 뜻이다. 그러니까 누나는 아주 떠나버린 게 맞다. 다시는 이 아이에게 돌아올 수 없는 곳으로 가버렸다.

'엄마 찾지 마.'

'응?'

'이제 너도 나처럼 혼자 살아야 해.'

'싫어.'

'싫어도 그래야 해.'

아이는 금방이라도 울 것 같은 눈으로 나를 바라보았다.

'그래야 해.'

나는 아이의 눈을 바라보며 이 아이에게 고양이답게 홀로 살아가는 용기가 있기를 바랐다.

"너도 여기 앉아. 같이 노을 구경하자."

영채는 아이를 벤치에 내려놓았다. 나는 벤치에 앉은 아이를 조심스럽게 혀로 핥아주었다. 털이 성긴 걸 보니 정말 며칠 털 고르기를 하지 못한 것 같다.

“해님 좀 봐. 예쁘다.”

우리는 나란히 앉아서 저물어가는 해를 바라보았다. 커다랗고 빨간 해가 언덕 너머 동네의 지붕들 위로 넘어가고 있었다.

바우네 가족 이야기(가제) _ *Preview*

젊은 날 맹도견으로 활약하던 바우는 은퇴 후에 짝을 만나 가정을 이루고 마음씨 좋고 지혜로운 할머니와 함께 평화롭게 살아간다. 할머니는 인적이 드문 산속에서 외롭게 살기를 원한다. 그래서 깊은 산속에 있는 집이 할머니와 바우네 가족의 보금자리다. 그러던 중 할머니가 돌아가시고, 인간들은 재산 싸움에 몰두하느라 아무도 바우네 가족을 돌보지 않는다.

바우는 산속에서 스스로 살아가는 방식을 배우게 되고 친구들도 하나둘 생기기 시작한다. 친구들과 함께 여러 가지 문제들도 따라온다. 그러나 바우는 할머니에게 배웠던 많은 가르침을 생각하고 실천해서 무난히 문제들을 해결해나간다. 과연 바우는 인간들이 지배하는 세상에서 할머니에게서 배운 지혜를 이용해 친구들과 행복하게 살아갈 수 있을까?

바우네와 친구들

바우_ 8년생 골든레트리버(남). 맹도견으로 일하다가 주인이 죽은 후에 북한산에 살게 된 무리들의 우두머리. 사람을 물지 못하는 평화주의견.

"평화는 싸워서 빼앗는 게 아니야."

아라_ 5년생 골든레트리버(여). 부잣집에 살다가 믹스견이라는 걸 주인이 알게 되어서 쫓겨나 배회하다가 바우를 만나 북한산에 정착한 사랑제일주의견.

"서로를 사랑하기만 하면 무서울 게 없어."

퐁당_ 5개월생 골든레트리버(남). 바우와 아라 사이에서 태어난 아이.

"세상은 재미있는 것투성이야."

초코_ 1년생 치와와(여). 뜬장에서 태어나고 학대당한 과거 때문에 충격으로 기억상실에 걸린 어리고 철없는 떠돌이 강아지.

**"뜬장에서 태어나 뜬장에서 살았어.
정말이지 난 태어나기 전으로 돌아가고 싶었어."**

하양_ 2년생 몰티즈(남). 자기를 버린 주인 아가씨를 내내 기다리다가 죽기 직전에 빗속에서 바우에게 구출된 자존감 제로의 비겁한 인텔리.

"이런 거지같은 곳, 아가씨가 날 데리러 올 동안만 잠시 있을 거야."

누렁이_ 4년생 믹스견(여). 도살장까지 갔다가 살아남은, 덩치만 컸지 마음이 약하고 외로움을 잘 타며 아이들을 좋아하는 순둥이.

**"난 친구들을 많이 잃었어. 이제 더는 잃고 싶지 않아.
외로운 건 질색이야."**

바우네 가족 이야기(가제)

달마_ 4년생 맬러뮤트(남). 개도둑에게 납치되어 끌려갔다가 올가미에 걸린 채 도망 온 트라우마를 지닌 순둥이.

"내 생애에 올가미 따위는 두 번 없다.
내게 올가미를 들고 오는 작자는 그게 누구든 물어뜯어버릴 테다!"

밀/쌀_ 세퍼드. 사이좋게 지내면서 주인 몰래 바우를 돕는 농장의 경비견들.

"어이, 친구들. 농장에 들어오지 말아줘."
"우리 입장도 좀 이해해주었으면 좋겠어."